Flores oscuras

Sergio Ramírez

Flores oscuras

ALFAGUARA

© 2013, Sergio Ramírez

© De esta edición:
Santillana Ediciones Generales, S. A. de C. V.
Av. Río Mixcoac 274, Col. Acacias,
México, D. F., C. P. 03240, México.
Teléfono 5420 7530
www.alfaguara.com.mx

ISBN: 978-607-11-2535-4
Primera edición: marzo de 2013

© Diseño:
Proyecto de Enric Satué

© Imagen de cubierta:
Pep Carrió

PRISA EDICIONES

Índice

A la memoria de Elisa Benítez de Barcárcel

Adán y Eva

A Napoleón López Villalta

Esa tarde de febrero salió de su casa decidido a tener una conversación con su Conciencia, y por eso mismo la invitó a tomar una cerveza. Ella, que leía echada en el sofá, dejó el número de *Vanidades* que tenía entre sus manos, y lo siguió tal como estaba, limpia de maquillaje, vestida con una blusa de algodón sin mangas, un bluyín de perneras cortas que dejaba libres las pantorrillas, y sandalias plateadas.

Era uno de esos viejos barrios residenciales del sur de Managua, invadido con lentitud pero con eficacia por pequeños centros comerciales construidos de manera improvisada en los baldíos, sus cubículos rentados a tiendas de cosméticos y lavanderías, farmacias y boutiques de ropa, mientras las casas de los años sesenta y setenta del siglo anterior iban siendo abandonadas para convertirse en farmacias, pizzerías, restaurantes y bares, sin que faltaran las funerarias.

De modo que sólo tenían que caminar unas pocas cuadras para llegar al bar preferido suyo, surgido en las entrañas de una de aquellas residencias abandonadas por sus dueños, que se habían ido a vivir más arriba, siempre hacia el sur, en lo que eran las primeras estribaciones de la sierra, donde los tractores seguían derribando los plantíos de café para dar paso a las nuevas urbanizaciones amuralladas.

Ya nadie hubiera podido reconocer el local como un hogar de clase media, abatidas las paredes y todo puesto a media luz, la acera tomada para asentar en ella parte de las mesas bajo un toldo a rayas desflecado por el viento y agobiado de polvo. El rótulo mostraba el nombre del bar, Adán y Eva, y su emblema era una manzana que, al iluminarse de noche con luces de neón, saltaba por todo el tablero.

Frank, el propietario, que llevaba el pelo entrecano recogido en una cola de caballo, y que por las noches era también el guitarrista, se hallaba de guardia detrás del mostrador y lo saludó de lejos mientras pasaban a sentarse en un rincón del fondo. Era temprano aún, y las mesas se encontraban vacías. La clientela solía aglomerarse sólo después de las cinco de la tarde, una vez salido todo el mundo de las oficinas cercanas, públicas y comerciales, y de los bancos, que es cuando empezaba la happy hour decretada por Frank, dos tragos al precio de uno, siempre que se tratara de licores nacionales.

Se sentó frente a su Conciencia, grácil y esbelta gracias a la calistenia aeróbica de cada mañana en el gimnasio Ilusiones, lo que le permitía vestirse como una muchacha. Acababa de cumplir los cincuenta, igual que acababa de cumplirlos él, y más que quitarse la edad se sentía orgullosa de sus años bien llevados.

Nuestro amigo pidió una cerveza. De su mismo vaso le daría de beber a ella algunos sorbos. No iba a incitarla a ningún exceso, porque debía tenerla sobria frente a él, desde luego que necesitaba de sus consejos. Vos y yo tenemos que hablar muy en serio, le dijo, apenas se habían sentado. Ella sólo se arregló un poco el pelo cortado a la garzón, y lo miró a los ojos sin decir palabra.

Trajeron la cerveza, sal y limón. Frank había vivido en México, donde regentaba también un bar en la colonia Condesa del Distrito Federal, y conservaba aquella costumbre de servir la cerveza con sal y limón.

Pasaron un rato en silencio. Ella hacía dibujos con la uña sobre el tablero de la mesa de pino barnizada de verde. Te traje aquí para hacerte una consulta, dijo él.

Pero no me vas a tener a boca seca, dijo ella, prometiste darme unos sorbos de tu vaso, ya te acabaste la cerveza, y nada. De modo que él hizo un gesto resignado y llamó al mesero de corbatín negro, que vino en seguida. Vos estás tomando Corona, pero a mí que me traiga una Victoria. Te creés independiente, se mofó él. ¿Cuál es la consulta?, preguntó ella, sin abrirse a mofas ni bromas.

Mirá, dijo él, y puso los codos sobre la mesa buscando acercarse para empezar la confidencia, pero ella no lo estaba atendiendo. Había rebalsado el vaso al servirse, y al llevárselo a la boca la cerveza se derramó sobre su blusa, que ahora intentaba limpiar con un puñado de servilletas arrancadas al servilletero. Qué es lo que ganan, rezongó ella, partir cada servilleta en cuatro para poner aquí harapos de servilletas, más trabajo les toma estarlas partiendo, y esta blusa que es nueva.

No le va bien a Frank, por eso busca el ahorro en todo, dijo él. Cómo le va a ir bien si esnifa como loco, dijo ella. ¿Dónde aprendiste esa palabra, esnifar?, preguntó él. ¿Cómo se dice entonces?, ¿ñatearse?, se rió ella, y agregó: en las películas de la tele, niño, no ves que mi diversión es ver tele. Y las revistas, dijo él, te pasás el santo día leyendo *Vanidades*. Más me gusta *Hola,* salen fotos a toda página de los baños de las mansiones de la nobleza europea, y se pueden ver los inodoros de oro puro donde cagan las marquesas. Qué vocabulario, dijo él. Cagar o no cagar, he allí el dilema, volvió a reír ella, mientras seguía secándose la blusa con los retazos de servilletas.

¿Me vas a poner atención, o no?, dijo él, sin dejar su posición acodada, ¿o todo eso de derramar el vaso y echarte encima la cerveza no es más que teatro porque no me querés oír? Soy toda tuya, dijo ella, y se acodó también sobre la mesa. Él se rió, con sorpresa boba. Deberías haber dicho «soy toda oídos», dijo. No en el caso mío, dijo ella. ¿Acaso sos mi mujer?, dijo él. Peor que eso, soy tu conciencia, dijo ella; eso es peor que coger con vos.

Bueno, entonces, dijo él. «¿Bueno, entonces?», es lo que yo te digo a vos, dijo ella. Me propusieron un negocio, dijo él. Los jueces no andan en negocios, dijo ella. Con vos ya veo que no se puede hablar en serio, refunfuñó él. Lo que te molesta es tener que hablar conmigo, dijo ella. ¿Por qué iba a molestarme?, se encogió él de hombros. Porque para eso estoy, para molestarte, soy tu conciencia, dijo ella, que ahora secaba con otro puño de servilletas la base de su vaso, antes de llevárselo otra vez a la boca.

Ese reo que está en mis manos de verdad está enfermo, dijo él, de todos modos tiene derecho a curarse en su casa. Hipertensión crónica, dijo ella, cuadro diabético. ¿Vos conocés el asunto?, preguntó él. Qué voy a conocer nada, es lo que todos los abogados de los narcos alegan, dijo ella, el filo del vaso en los labios. Pero en este caso ya te dije que es cierto, dijo él, el cuadro clínico da pie a la fianza de excarcelación. ¿Y el médico forense?, preguntó ella. Él guardó silencio, y sus dedos tamborilearon sobre la mesa. Hay que darle algo para que firme el dictamen, respondió al fin. ¿Cuánto?, preguntó ella. No sé, tal vez unos dos mil. ¿Y a vos te tocan, entonces...?, volvió a preguntar ella. Veinte mil, respondió él. De los verdes, dijo ella. ¿Quién piensa en córdobas?, dijo él. Ya sé, dijo ella, no me ibas a vender en moneda nacional.

Vos bien sabés que es la primera vez que yo hago esto, dijo él, y suspiró hondamente. Bueno, se supone que sí, que tengo que saberlo, dijo ella. Y quiero que estés clara que jamás voy a volverlo a hacer, dijo él. No habrá reincidencia, se mofó ella. Es una emergencia justificada, dijo él, no tiene por qué volver a repetirse. A menos que sobrevenga otra emergencia, and so on, and so on..., dijo ella. Te lo puedo jurar, dijo él. Qué divertido que te veo, dijo ella. ¿Qué cosa es divertida?, preguntó él. Que pretendás hacerme juramentos a mí, nada menos que a mí. ¿Y ante quién más podría jurar?, delante de vos me confieso, delante de vos me comprometo, para eso estás. Al pan pan, y al vino vino, lo cortó ella, vas a aceptar plata de la droga, y querés dorarme la píldora con juramentos, recordá que vos y yo somos almas gemelas. «Dos almas que en el mundo había unido Dios», canturreó él, sin ánimo. Peor que eso, somos almas siamesas, dijo ella. Peor que si cogiéramos, ya dijiste, dijo él. Sí, dijo ella, pero, además, no sos mi tipo para la cama.

¿Entonces?, dijo él. ¿Entonces qué?, dijo ella. Entonces puedo aceptar el negocio, dijo él. Mirá, dijo ella, no soy tu enemiga, la prueba está en que acepté esta invitación, estoy aquí frente a vos, hasta me vine sin tiempo siquiera de pintarme los labios, siguiéndote a la carrera. A veces parece como si lo fueras, dijo él. ¿Si fuera qué? Mi enemiga, dijo él. Quiero ayudarte, eso es todo, dijo ella, en el fondo tengo el alma blanda.

Él dio un trago largo sin quitarle la vista. Vos sabés que mi sueldo... Ella lo interrumpió. Ya sé, tu sueldo es una mierda. Ésa es la palabra, dijo él, mil gracias. Y nunca te promovieron a magistrado de la Corte de Apelaciones, dijo ella. Qué me van a promover, no soy servil, dijo él. Y pasás necesidades, yo lo sé, dijo ella. Cada vez es peor, dijo él, tengo que sacar a mis hijos de la UAM, trasladarlos a una universidad pública, no es justo, ellos no tienen la culpa. Y las tarjetas de crédito, dijo ella, las tenés reventadas. Y vos sabés que las medicinas de mi mujer cuestan una fortuna, dijo él. Las medicinas para el mal de Parkinson, sí, dijo ella. Por eso te pido que veamos esto como una emergencia, dijo él.

Trajeron otras dos cervezas. Todo eso lo sé, y te comprendo, dijo ella tras servirse, pero también me tenés que comprender a mí. ¿Qué es lo que tengo que comprender?, preguntó él, medio divertido. Yo tengo mis escrúpulos, dijo ella. Él se rió ahora abiertamente. ¿Escrúpulos de qué?, preguntó, ¿escrúpulos de conciencia? Ese narco que vas a poner libre, ¿es mexicano? No, guatemalteco. Lo mismo da, una vez en la calle bajo fianza, lo sacan del país y no vuelve a aparecer nunca, dijo ella. ¿Y qué tenemos que ver nosotros con eso?, dijo él.

Ella calló, y bajó la cabeza. ¿Entonces?, dijo él. Entonces nada, dijo ella, si vas a dar el paso, no te andés con temblores. Ya te juré que es sólo por esta vez, dijo él. Ya te dije que mí no me andés haciendo esa clase de juramentos, dijo ella, enfurruñada. ¿Vos creés acaso que me estoy prostituyendo?, preguntó él, lleno de pronto de una tristeza que lo desamparaba hasta el frío, tanto que acunó los brazos. Ella le alcanzó la mano y se la apretó con cariño. Nadie se está prostituyendo, dijo ella.

¿De qué sirve pasarse la vida entera siendo honrado?, dijo él, nadie te lo agradece. Es cierto, dijo ella, sonriendo apenas, y si te morís de hambre, yo ya no te serviría de nada en la tumba fría. Ya ves, dijo él, hablando se entiende la gente. Y, además, yo misma ando escasa de fondos, dijo ella. Lo que querrás, de mi parte lo que querrás, dijo él, e hizo ademán de tocarse los bolsillos. Es el colmo que me tengás que comprar a mí misma, a tu propia conciencia, dijo ella, sonriendo más abiertamente. Pues de mi parte tenés siempre a la orden la cuota del gimnasio para tus aeróbicos, y la cirugía facial, cuando necesités otra, dijo él, o un implante de los senos. Nunca he necesitado ninguna cirugía, respingó ella. Es una broma, niña, dijo él. A lo mejor un viaje a Miami sí necesito, para comprar ropa, dijo ella.

Él llamó para pedir la cuenta. En la mesa había ya cuatro botellas de cerveza de cada lado. Los platitos con sal y limón eran cuatro también. Te agradezco en el alma, dijo él, has hecho bien tu papel. Ella alzó las cejas y dijo: no te entiendo. Tu papel de recriminarme, hacer que me odie por lo que voy a hacer, dijo él. ¿Creés que ha sido sólo un papel, que no soy sincera con vos?, dijo ella, con la voz herida. No es eso, dijo él, cuando digo papel, quiero decir que has cumplido con tu obligación. Ya te dije, enemiga tuya no soy, dijo ella, y, además, tu caso no es el único, conozco varios. Yo creí que sólo te ocupabas de mí, bromeó él. Una se da cuenta, dijo ella, Managua es un mundo chiquito.

¿Qué casos?, preguntó él, con vivo interés, mientras sacaba la cartera para pagar. Te veo deseoso de consuelo en el ejemplo ajeno, dijo ella. Bueno, mal de muchos, consuelo de pendejos, dijo él. El mesero le entregó, al recibir el pago, una papeleta de propaganda para el show de esa noche. Iba a ser una noche de boleros románticos, con Keyla Rodríguez de vocalista, y Frank en la guitarra. Conozco a otros como vos, que han hecho lo mismo, o cosas peores, dijo ella. ¿Cosas peores como cuáles?, preguntó él, y contó treinta córdobas de propina.

Ella lo miró, risueña, como si lo examinara hueso por hueso. ¿Qué te parece violar a la propia hija, y después quedarse de amante con ella por años?, dijo ella. Sí, eso parece peor, dijo él. ¿Y qué te parece falsificar la firma de tu propia madre, vender sus propiedades, y dejarla en la calle? También es horrible, dijo él. Vos conocés esos casos, con nombres y apellidos, sabés que no estoy inventando, dijo ella. Tenés razón, dijo él, son cosas que se saben. Me alegra que entendás entonces que hay cosas peores, así me quedo tranquila, dijo ella. Y así yo también puedo dormir tranquilo, sabiendo que vos estás tranquila, dijo él. ¿Pedimos dos más?, propuso ella. Ya pagué la cuenta, dijo él. ¿Y eso qué importa?, respondió ella, hay motivo para celebrar. No debería, respondió él, pero bueno.

Trajeron la nueva tanda, con nuevos vasos escarchados, sacados del congelador. Ella se volvía vieja, hay que reconocerlo, a pesar de la apariencia juvenil sostenida con los ejercicios Pilates. Tenía los mismos ojos claros y vivaces de cuando se habían conocido, las cejas tupidas que se juntaban encima del caballete de la nariz respingada, los mismos labios carnosos, un rostro de adolescente pícara que enmascaraba con ventaja el paso de los años. Pero estaban las patas de gallo que empezaban a resquebrajar la piel al lado de los ojos, la leve sombra oscura que empezaba a embolsar los párpados inferiores, qué Pilates ni qué Pilates. A lo mejor de verdad iba a necesitar la cirugía facial.

La gente comenzaba a entrar al bar. En la mesa de al lado se sentó una pareja de empleados de banco; el varón, rapado con navaja, se deshacía de la corbata amarilla canario con alivio, como si se tratara de una soga; la mujer, de doble rabadilla, entallada dentro del uniforme gris, llevaba al cuello un pañuelo colorido. Las demás iban siendo ocupadas por agentes de seguros, vendedores de carros, corredores de bienes raíces, empleadas de agencias de viajes. El rumor de voces, alegre y despreocupado, crecía entre el arrastrar de las sillas.

—Salud, entonces —dijo él, alzando el vaso.

—Salud —dijo ella, y alzando el suyo le sonrió con ternura.

Managua, julio 2007

La puerta falsa

A Edgard Rodríguez

Cuando Amado Gavilán subió al encordado del Staples Center de Los Ángeles la tarde del 28 de mayo del año 2005, iba a cumplir con una pelea de relleno pactada a ocho asaltos contra el filipino Arcadio Evangelista, invicto en la categoría de los pesos minimosca. Era el tercer match de una larga velada que culminaría a las diez de la noche con el estelar en que Julio César Chávez, el más famoso de los boxeadores mexicanos, ganador de cinco títulos mundiales en tres categorías diferentes, se enfrentaría al wélter Ivan «Mighty» Robinson en lo que sería su histórica despedida del boxeo.

Muy pocos habían oído hablar de Amado Gavilán, mexicano igual que Chávez pero lejano a la fama que cubría con su cálido manto a su compatriota. A los cuarenta y dos años, y a pocos pasos de su retiro de las cuerdas, el pentacampeón Chávez era dueño de un impresionante récord de 108 combates ganados, 87 de ellos por nocaut, y por eso mismo aún era capaz de colocarse como preferido en las quinielas de los apostadores, y recibir los dorados frutos de un contrato de televisión pay-per-view costa a costa, como esa noche.

Por el contrario, el magro manto que cubría a Gavilán era el anonimato. Apenas un año menor que Chávez, su récord enseñaba que había subido 41 veces al cuadrilátero para perder en 32 ocasiones, 14 de ellas por nocaut. No tenía nombre de guerra, y nunca se le ocurrió adoptar uno, digamos «Kid» Gavilán, como alguna vez le propuso su entrenador ad honórem Frank Petrocelli. Su apellido le daba pleno derecho a algo semejante, pero hubiera sido una especie de sacrilegio porque ya había un «Kid» Gavilán en la historia del boxeo, el legendario campeón cubano de los pesos wélter, que en verdad se llamaba Gerardo González.

Para despreciar un nombre de guerra y brillar igual, se necesitaba ser Julio César Chávez. Alguna vez un cronista deportivo de *El Sol de Tijuana* había llamado a Gavilán «el caballero del ring», porque su carácter apacible fuera de las cuerdas, suave de trato y de modales, parecía acompañarlo cuando subía a la tarima, lo que hacía de él un peleador comedido, de ninguna manera un matador dispuesto a cobrar la victoria con sangre. Pero nadie iba a ponerlo en el cartel de una pelea como «el caballero del ring». Otra de sus desventajas era pertenecer a la división de los pesos minimosca, apenas 108 libras, donde por naturaleza escasean las luminarias y hay poco heroísmo en los combates. Si ya el mismo nombre de mosca es degradante, minimosca viene a ser aún peor. Conviene ofrecer un poco más de su historia.

Amado Gavilán había nacido en Hermosillo pero desde niño se trasladó con sus padres a Tijuana, donde sigue viviendo en compañía de su hijo

Rosendo Gavilán, un muchacho locuaz y despierto que aspira a ser comentarista de boxeo en la radio. La suya es una de esas casas de ripios, coronadas con llantas viejas para que el viento que sopla del mar no se lleve los techos de hojalata, que van ascendiendo por las alturas calvas de los cerros pedregosos al borde mismo de los barrancos usados como vertederos de basura, y se halla propiamente detrás del cañón de Los Laureles, al lado de la delegación Playas de Tijuana. El lugar se llama Vista Encantada, y la calle, calle de la Natividad.

Preguntado acerca de su madre, el joven Gavilán dice: «ambos somos solos en la vida y no sé nada de mi madre Lupe más que un cuento vago de mi padre acerca de que un día tomó su petaca y se regresó para Ensenada, de donde había venido, y que ese día que se marchó de madrugada llevaba puesto un vestido de crespón chino estampado con hartas azaleas».

Amado Gavilán fue por algunos años oficial de carpintería en la fábrica de cunas Bebé Feliz de la avenida Nuevo Milenio, a cargo de una sierra eléctrica, pero era un trabajo que no le convenía según consejo de su entrenador Petrocelli, por el asunto de que cualquier desvío de la sierra, al pasar el listón de madera bajo la rueda dentada, podía volverlo inútil de las manos, y entonces se empleó como hornero en la pizzería Peter Piper de la plaza Carrusel, que tampoco le convenía por los cambios de temperatura capaces de arruinarle los pulmones, y luego como lavaplatos en el restaurante Kalúa del boulevard Lázaro Cárdenas, pero otra vez Petrocelli le advirtió que seguía corriendo riesgos al mantener las manos metidas en el agua caliente, aun con los guantes de hule puestos, riesgos de artritis que lo dejaría lisiado de los puños.

Encontró entonces lugar en un conjunto de mariachis que buscaba clientes a la medianoche en la plaza Santa Cecilia, a cargo de la vihuela que había aprendido a tocar de oídas, pero de nuevo había una objeción, los desvelos. De manera que su hijo Rosendo estuvo decidido a dejar la preparatoria y aceptar el puesto que le ofrecían en una carnicería para que Gavilán pudiera entrenar sin preocupaciones, pero todo se saldó cuando Kid Melo, un boxeador retirado, le ofreció trabajo como sparring en su gimnasio de la colonia Mariano Matamoros, donde de todos modos entrenaba.

«Petrocelli vive en San Diego, y por muchos años se fajó al lado de mi padre sin pensar en fortuna, viniéndose cada noche en su bicicleta por el paso fronterizo de San Ysidro hasta el gimnasio de Kid Melo para las sesiones de entrenamiento», afirma el muchacho. «Kid Melo no le cobraba a mi padre el uso del gimnasio desde antes de emplearlo de sparring, ni tampoco Petrocelli le cobraba nada por sus servicios. Tenían fe en él. Creían que simplemente no le había llegado su oportunidad, y que la tendría, a pesar de los años.»

Rosendo es capaz de responder con la frialdad profesional del comentarista que quiere ser, acerca de las cualidades de Gavilán como boxeador: «mi padre era de aquellos a los que un promotor llama a última hora para llenar un hueco en el programa, sabiendo que se trata de alguien en buena forma física, pero incapaz de amenazar a un oponente de categoría. Sonreír caballerosamente al chocar guantes con el adversario cuando va a empezar la pelea no ayuda para nada en la fiesta infernal del cambio de golpes que se viene apenas suena la primera campanada».

Menudo y fibroso, Gavilán parecería un niño de primera comunión si no fuera por el rostro que acusa la intemperancia de años de castigo, mientras el hijo lo dobla en peso y estatura. Empezó a pelear ya tarde en los cuadriláteros de barrio de Tijuana en 1993, y perdió cuatro peleas de manera consecutiva, dos veces noqueado en el primer round. Dos años después recibió sus primeros contratos en San Diego y otras ciudades fronterizas de Estados Unidos, y perdió cinco veces en fila, tres por nocaut, o por nocaut técnico. Pero lo seguían contratando. Un hombre decente, esforzado y sin vicios, siempre tiene algún lugar en ese negocio, según el criterio de Rosendo. Por lo regular recibía dos mil dólares por cada compromiso, que se veían sustancialmente mermados tras el descuento de comisiones e impuestos.

Con una bolsa tan reducida no era posible que Gavilán contara con un representante para arreglar sus peleas, y lo hacía él mismo. Petrocelli lo acompañaba cuando la contienda iba a celebrarse en San Diego o en algún sitio cercano, pero cuando había que montarse a un avión, o a un tren, generalmente no alcanzaba para pagar el otro boleto, ni los días de hotel, de modo que subía al ring con un asistente ocasional, contratado allí mismo. Y en medio de las estrecheces, Gavilán prefería pagar los gastos de viaje de su hijo a los del entrenador.

«Empecé a acompañarlo desde los doce años», dice Rosendo. «Al principio se me ponía el alma encogida, sentado allí en el ringside, pensando que iban a causarle algún daño severo, que fueran a dejarlo sordo o ciego, y más bien cerraba los ojos al no más sonar la campana, el golpe de los guantes más fuerte que el griterío en mis orejas, y solamente los abría cuando sonaba otra vez la campana anunciando que el round había terminado, y yo me consolaba entonces con ver que había vuelto a su esquina por sus propios pies, y ya sentado en el banquito, mientras le quitaban el protector bucal y lo rociaban con agua, nunca dejaba él de buscarme con la mirada, y me sonreía para darme confianza, aunque tuviera la boca hinchada.

»Ya más grandecito, entendí que debía quitarme ese miedo que de alguna manera nos separaba, que debía estar siempre con él, con los ojos bien abiertos, aun para verlo caer de rodillas sobre la lona, la mano del referee marcando de manera implacable el conteo de diez sobre su cabeza, como si fuera a decapitarlo. Y aprendiendo a soportar yo los golpes que él recibía, me entró la afición por el boxeo como deporte, y así también teníamos mucho de que hablar durante los viajes, los récords y las hazañas de los campeones universales, quién había noqueado a quién en qué año y dónde, la vez que Rocky Marciano había llorado frente a su ídolo Joe Louis en el hospital adonde lo había mandado tras demolerlo en ocho asaltos, quitándole el cinturón de todos los pesos.»

De modo que cuando Amado Gavilán subió al encordado en el Staples Center la tarde del 28 de mayo del año 2005, su hijo Rosendo ocupaba un asiento de ringside, con el compromiso de desocuparlo cuando fuera a comenzar la pelea estelar, porque el coliseo estaba totalmente vendido, aunque a esas horas la inmensa mayoría de las localidades lucieran vacías.

Rosendo también explica cómo surgió el contrato para esa pelea del Staples Center contra Arcadio Evangelista. En el último año y medio la fortuna de su padre pareció haber dado un modesto vuelco, empezando con la victoria contra Freddy «el Ñato» Moreno en El Paso, Texas, en noviembre de 2004, que se decidió por mayoría de una sola tarjeta de los jueces. Luego le ganó por nocaut técnico en el tercer round a Marvin «el Martillo» Posadas en Yuma, perdió apretadamente contra Orlando «el Huracán» Revueltas en Amarillo, empató con Mauro «la Bestia» Aguilar en San Antonio, y perdió por decisión contra Fabián «el Vengador» Padilla en Tucson, un boxeador que ganaría luego la corona de la FMB de los pesos ligeros.

Evangelista, de veinticuatro años, y con un récord impecable de 16-0, se hallaba previsto para disputar la corona de la WBC en la categoría minimosca, en septiembre de ese mismo año, al mexicano Eric Ortiz, y necesitaba una pelea de afinamiento. Primero pensaron en Alejandro Moreno, otro mexicano, pero Evangelista lo había derrotado fácilmente hacía dos años, y querían un rival diferente. Entonces el arreglador de peleas de la empresa Top Rank Inc., Brad Goodman, pensó en Gavilán, que se había convertido en un oponente creíble. Fuera de la mejoría mostrada en sus números, entrenaba de manera rigurosa, mantenía su peso con disciplina, y, ya se sabe, no probaba licor. Además, encontrar un buen candidato en una división escasamente poblada no es tarea fácil.

Era la primera vez en su vida que Gavilán aparecía en una cartelera del Staples Center, todo un premio en sí mismo con el aliciente de que iba a recibir una bolsa de cuatro mil dólares, el doble de lo que por lo regular ganaba siempre, más el hospedaje en un hotel de cuatro estrellas y los boletos de tren desde San Diego. Desde que firmó el contrato se desveló pensando en lo que haría con aquellos cuatro mil dólares. «Una de las opciones era comprar un coche usado», dice Rosendo.

Faltaba, sin embargo, la aprobación de la Comisión de Atletismo de California, y Rosendo cuenta cómo se dio aquello. «Dean Lohuis, presidente de la Comisión, tiene una experiencia de más de dos décadas en evaluar contendientes, y mantiene los datos de todos los boxeadores apuntados de su propia mano, en unas tarjetas que guarda en una caja de zapatos. Ése es su archivo, que él afirma no cambiaría por ninguna computadora. Echó un vistazo a las tarjetas de Gavilán y de Evangelista, y resolvió que se trataba de una pelea justa.»

Su método consiste en marcar con una letra mayúscula la tarjeta de cada boxeador, de la A a la E, y no autoriza ninguna pelea si uno de los contendientes aventaja al otro por más de dos letras. Un A no puede enfrentar a un D, porque el de la D no tiene ningún chance, y simplemente lo están utilizando. Para su calificación toma en cuenta cuántas veces un boxeador ha sido noqueado, o cuántas veces ha noqueado, si ha tenido cortaduras serias o cualquier otro daño grave. De acuerdo al sistema de Lohuis, Evangelista era una B, y Gavilán una C, y aprobó la pelea sin pensarlo dos veces.

Amado Gavilán hizo el viaje en tren en compañía de su hijo un día antes de la pelea. Esa vez la Top Rank hubiera pagado los gastos de Petrocelli pero, fumador empedernido, se lo estaba comiendo vivo un enfisema pulmonar que lo obligaba a recurrir constantemente a la mascarilla de oxígeno. Cuando bajaron al mediodía en Union Station no había ningún representante de la Top Rank esperando por ellos, de modo que tomaron un taxi para dirigirse al hotel que les había sido asignado, el Ramada, en De Soto Avenue. Una hora después estaba fijada la sesión de pesaje, y Gavilán dio en la balanza 106 ½ libras, mientras que Evangelista ajustó las 108. Luego vino el examen neurológico.

Este examen toma media hora, durante la cual el boxeador debe responder preguntas sencillas: ¿quién eres?, ¿de dónde eres?; rendir una prueba de aritmética básica, y pasar otra prueba de memoria, muy sencilla también, que consiste en recordar los nombres de tres objetos diferentes que le han sido mostrados minutos atrás. También el neurólogo comprueba sus reflejos de piernas y brazos, y el movimiento de sus ojos. Si no encuentra nada anormal, lo que hace es certificar que el boxeador está en condiciones de llevar adelante una pelea de manera razonable.

Pero no hay forma de detectar un potencial derrame subdural o epidural, ya que un contendiente busca siempre golpear al otro en la cabeza, para aturdirlo, lo que provoca un efecto acumulativo a través de los años. Estos derrames son causantes de daños irreversibles, capaces de disminuir, o anular, las facultades mentales y de locomoción, lo mismo que otras de carácter fisiológico, incluida la contención del esfínter y de las vías urinarias. Ningún test puede revelarlo, y es un asunto que entra ya en el campo de la fatalidad.

Al día siguiente, 28 de mayo, padre e hijo se presentaron en el Staples Center a las dos y media de la tarde, Amado Gavilán cargando un maletín nuevo donde llevaba sus pertenencias, la calzoneta negra listada de rojo en los costados, los zapatos y la bata de seda azul con su nombre estampado a la espalda, que lo acompañaba en todas las peleas, antiguo regalo de la cerveza Tecate.

Las inmensas playas de estacionamiento se hallaban todavía desiertas y apenas empezaban los vendedores callejeros a armar los tenderetes donde ofrecerían banderas mexicanas, estandartes y estampas de la Virgen de Guadalupe, y suvenires de Julio César Chávez, tazas, vasos, banderines y camisetas con su imagen. Tampoco estaban todavía los porteros y acomodadores, y necesitaron pasar muchos trabajos para que alguien les indicara la puerta de ingreso a los camerinos, donde Gavilán tuvo que identificarse delante de un guardia que hizo consultas por un teléfono interno antes de admitirlos. Sólo un rato más tarde se presentaron los asistentes profesionales provistos por la Top Rank, que iniciaron con toda lentitud su trabajo de vendaje de las manos.

Dos horas después llegó para Gavilán el turno de su pelea. Los dos boxeadores se acercaron al centro del ring desde sus esquinas y Rosendo vio una vez más cómo su padre escuchaba la letanía de reglas recitada en inglés por el referee, asintiendo en cada momento, con sumisión entusiasta, a pesar de desconocer el idioma.

Entonces sonó la campana electrónica, mientras desde las tribunas llegaban ecos de voces desperdigadas, lo que para Rosendo fue como contemplar una vieja película. No esperaba ni sorpresas, ni emociones, y todo terminaría otra vez en las cuentas rutinarias de las tarjetas de los jueces. «Mi padre conocía el arte de fintar, pero estaba el problema de la falta de imaginación en sus golpes, que el oponente podía prever, porque nunca tuvo sentido de la aventura, muy adherido siempre al manual. Se movía bien, con agilidad, pero eso no sirve de nada si no hay pegada certera», afirma.

Así se fueron cumpliendo cuatro rounds, sin pena ni gloria. Nada sucedió en el ring que atrajera la atención de la rala concurrencia. Los técnicos de la televisión chequeaban los audífonos y la posición de las cámaras, y sólo usaban a los dos boxeadores que se movían en el ring como maniquíes para las pruebas de imagen de lo que sería la transmisión de la pelea estelar entre Chávez y Robinson.

Ben Gittelsohn, el mánager de Evangelista, se mostraba disgustado con la actuación de su pupilo, y así lo expresaba sin cuidarse de que lo estuvieran oyendo, y sin saber quién era Rosendo, sentado a su lado. Decía que Evangelista había dejado entre las sábanas de su amante el instinto del que sale de su esquina a destruir cada vez que suena la campana, y que si no fuera así, ya hacía rato habría liquidado a aquel mexicano achacoso. Sin embargo, Lohuis, el presidente de la Comisión, sentado también en el ringside, escribió en una de aquellas tarjetas que iban a dar a su caja de zapatos la palabra «competitiva» para describir la pelea, como Rosendo pudo verlo con el rabillo del ojo. Era ya una ganancia, pues un combate parejo abría la posibilidad de más contratos arriba de los dos mil dólares en el futuro.

Los colores grises empezaron a cambiar sin embargo en el quinto round, cuando Evangelista logró varios uppercuts efectivos, que hicieron tambalear a Gavilán. «Había abierto demasiado la defensa, y había dejado de moverse con agilidad para capear los golpes, que iban a dar en su mayoría a la cabeza. No me gustaba lo que Gittelsohn estaba diciendo acerca de la vejez de mi padre, pero era la verdad, la edad no perdona, y después de cinco rounds, la fatiga se vuelve un fardo para quien ha atravesado la guardarraya de los cuarenta», dice Rosendo.

Cuando terminó el round, y Gavilán fue a sentarse en el banquito de su esquina, Rosendo pudo ver que tenía la boca lacerada y unos hilos de sangre le bajaban por los orificios de la nariz. Le volvieron a meter el protector en la boca, lo rociaron con agua, le restañaron la sangre, y cuando se levantó para empezar el sexto round, todo parecía de nuevo en orden como para que el combate siguiera mereciendo la calificación de competitivo. Sólo faltaban tres rounds. Gavilán iba a perder en las tarjetas sostenido sobre sus piernas.

Pero un minuto después de iniciada la acción, Gavilán le dio de manera sorpresiva la espalda a Evangelista, indicando al referee, por señas de los brazos, que abandonaba la pelea. El filipino, sorprendido por la repentina capitulación de su contrincante, retrocedió hasta su esquina.

Rosendo se acercó al entarimado y oyó a su padre quejarse de que le dolía mucho la cabeza. Uno de los asistentes se lo tradujo al doctor Paul Wallace, el médico de guardia en el ringside, quien le examinó las pupilas con una lamparilla de mano. Le pidió que respirara hondo y ordenó que le pusieran una bolsa de hielo en la frente. Gavilán se quedó sentado en el banquito por unos minutos, y mientras tanto podía oírse a Gittelsohn diciéndole a voz en cuello a Evangelista: «la próxima vez, cero mujeres, no me digas que no, porque anoche vi subir a esa negra a tu habitación, tienes que estar entero para mantenerte lanzando golpes hasta que el referee venga a detenerte, o hasta que tengas al tipo en la lona, esto no es ningún paseo».

Luego, mientras Evangelista estaba ya recibiendo las felicitaciones de sus ayudantes y se escuchaban algunos aplausos dispersos del público, Gavilán se puso de pie, y tambaleante, abrió las cuerdas para bajar del ring, sin acordarse de reclamar su bata azul. Rosendo lo recibió en el piso. «Siento que voy a desmayarme», le dijo. Lo ayudó a caminar de regreso al camerino, pero apenas había dado unos pasos cuando se dobló de rodillas, presa de severas convulsiones como si tuviera un ataque de epilepsia. El doctor Wallace preparó una inyección y reclamó la camilla, y antes de que se presentaran los paramédicos, las convulsiones habían cesado.

Ya no regresó al camerino, y fue llevado directamente al Centro de Traumatología del California Hospital Medical Center, no lejos de allí. Bajo las reglas de la Comisión, ninguna pelea puede tener lugar sin la disponibilidad de una ambulancia y su tripulación de paramédicos; cuando el anunciador Barry LeBrock informó a la concurrencia que por esa razón habría un retraso de la siguiente pelea, se escucharon abucheos desde las tribunas donde se desplegaban ya algunas banderas mexicanas, y desde los pasillos donde los fans de Julio César Chávez entraban llevando sombreros de charro en la cabeza.

Un examen preliminar por resonancia magnética reveló que se estaba formando un coágulo sanguíneo en la corteza del cerebro, y Gavilán fue trasladado de inmediato al quirófano para una operación que duró tres horas y media. Luego fue puesto en coma artificial en la unidad de cuidados intensivos, para reducir los movimientos corporales y permitir que se rebajara la inflamación cerebral, y quedó conectado a un ventilador.

Evangelista se presentó esa misma noche al hospital, con un ramo de flores envueltas en celofán. «Se me ha aguado la alegría de la victoria», le dijo a Rosendo, «toda mi familia en Filipinas está rezando por él». Unos tíos de Gavilán que viven en Compton, al sudeste de Los Ángeles, ni siquiera se habían enterado de que se hallaba en la ciudad hasta que no vieron las noticias de la noche en la televisión, y también se presentaron al hospital.

En los días siguientes se recibieron mensajes de aliento para el paciente, entre ellos uno del presidente de México, Vicente Fox. A Rosendo le tocó responder la llamada del asistente presidencial. «De pronto mi padre existía», dice Rosendo, «había salido del anonimato por aquella puerta falsa». Después de ser dado de alta, volvió a Tijuana a su casa de la calle de la Natividad, en Vista Encantada.

Meses más tarde, el 10 de septiembre del año 2005, Arcadio Evangelista arrebató la corona de la WBC a Eric Ortiz en el primer round del combate estelar celebrado en el mismo Staples Center, mandándolo a la lona con un demoledor derechazo a la barbilla que le hizo saltar el protector fuera de la boca. Ben Gittelsohn, su mánager, reventaba de felicidad.

Antes del choque protocolario de guantes, al presentar a los boxeadores, el anunciador, también en este caso Barry LeBrock, había dado a conocer que Evangelista dedicaba la pelea a Amado Gavilán, «el caballero del ring», su invitado especial de esa noche, quien se hallaba sentado en el ringside al lado de su hijo.

Ofrecía el mismo aspecto de siempre, menudo y fibroso, y llevaba una gorra de jockey, porque aún no le crecía lo suficiente el pelo que le habían rapado para la operación, una camisa blanca de manga larga en la que estaban marcados los dobleces del empaque y una corbata de tejido acrílico con el mapa del estado de California.

Rosendo lo ayudó a ponerse de pie cuando mencionaron su nombre, pero tuvo que apresurarse en detenerlo porque empezó a andar por el pasillo a paso lerdo, como si le pesaran los zapatos deportivos que llevaba puestos, el trasero abultado por el pañal que usaba debido a la incontinencia urinaria, la mirada vacía y sin saber adónde iba.

Managua, diciembre 2007

La cueva del trono de la calavera

Y la vida es misterio, la luz ciega
y la verdad inaccesible asombra...
RUBÉN DARÍO

—¿Reconoce el reloj? —preguntó el oficial.

—Claro que sí, por la pulsera metálica —respondió el denunciante.

Una bandada de palomas grises salió volando de la copa del guarumo cuando les llegó la pedrada.

Son palomas de San Nicolás, Tito, dijo el Jefe, se echa de ver por lo cenizo, y de nuevo recogió una laja fina y la montó en la tiradora. Pero ya todas las palomas habían volado.

Luego tomó del brazo a Tito con la autoridad de que estaba investido, y dijo: ahora nos toca vigilar la tumba de la momia asesina. Bajaron entonces el barranco. En lo profundo corría el arroyo casi seco, que desaparecía a trechos para verterse más adelante en unas pozas cubiertas de hojas de almendro rojas y doradas que las ardillas apartaban con el hocico para beber.

Tito escapó de resbalar, pero el Jefe lo sujetó. No tengás miedo, Capitán, ¿que no sos Capitán? Sí, Jefe, respondió Tito. Y siguieron bajando.

—Una soguilla de oro con una cruz —leyó el oficial.

—Falta la cruz —dijo el denunciante.

—De seguro fue vendida por aparte —dijo el oficial.

—Esa cruz es un recuerdo de una tía que me quiso mucho —dijo el denunciante.

—Los ladrones jamás entienden de sentimientos —dijo el oficial.

El Jefe saltó por encima de la piedra de los sacrificios a la entrada del Valle de la Muerte, y volaron por encima de su cabeza las faldas de su camisa que no tenía botones. Tampoco tenía zapatos, y por eso no iba a la escuela. Era alto y huesudo y los colochos abundantes le caían sobre la cara como a Boy, el hijo de Tarzán.

Levantó la losa que cubría el sarcófago de la momia, pero se hallaba vacío. La momia debe andar vagando a estas horas por el mundo, dijo el Jefe, volviendo a colocar la losa. ¿Qué manda entonces?, preguntó Tito, golpeándose el pecho con el puño. El Jefe caviló antes de responder: retírese que deseo meditar.

Tito obedeció. Los Invisibles vigilaban en torno al Jefe con sus espadas de palo desenvainadas. Eran cuatro, Or, Tor, Odor y Lotor. Cuando se movían, sus pasos felinos apenas se escuchaban en la maleza.

Como pasaba el tiempo y ya empezaba a oscurecer, Tito dio un paso adelante y dijo: permiso para retirarme, Jefe. Vos sos una niña, fue su respuesta. Es que me pueden castigar en mi casa, dijo Tito. Lo que andás buscando es que decrete tu expulsión de la Patrulla del Diablo, amenazó el Jefe.

Tito palideció. Había jurado fidelidad con sangre frente al trono de la calavera. Son bromas, dijo el Jefe, nos vemos más noche en el cine. Hoy dan una de Tim Holt, dijo Tito, con alivio. Conseguí plata para la entrada de los dos, dijo el Jefe, y lo despidió con un gesto displicente de la mano.

—Un relicario —dijo el oficial.

—Es un guardapelo —dijo el denunciante.

—Aquí lo tiene, sólo que los cabellos no aparecen —dijo el oficial.

—Lo que más me duele, eran de mi mamá —dijo el denunciante.

—Ésos sí que no van a poder encontrarse, imagínese —dijo el oficial.

El tesoro escondido se hallaba enterrado en el parque central, detrás de la glorieta. Desde el campanario de la iglesia era fácil hacer un plano. Tito había recibido instrucciones de llevar papel y su caja de lápices de colores.

Olía a cagada de murciélagos en el campanario, y cuando subían los escalones de madera comidos de comején, tenían que caminar agachados evitando rozar los viejos alambres eléctricos desnudos. Se acuclillaron, para observar el terreno. En una esquina, al costado del parque, estaba la casa de Tito donde su papá tenía una venta. Enfrente de la venta, a un costado de la iglesia, la casa de corredor a la calle que antes había sido pensión de tísicos convalecientes, convertida en cuartería, donde vivía el Jefe.

El Jefe ya tenía bozo y olía en los sobacos a sudor de hombre. En la mano derecha usaba un anillo con una calavera en relieve que Tito le entregó como tributo cuando fue admitido en la Hermandad. El anillo se lo había dejado en empeño a su papá, por víveres que nunca pagó, un sargento del cuartel vecino hacía años, y Tito lo robó en secreto del ropero donde se hallaba guardado. Ahora era el símbolo de poder del Jefe. La calavera quedaba marcada en la cara de los rufianes cuando los noqueaba con el puño en las trifulcas a muerte en muelles de carga, fondas de barrios bajos y bodegas ferroviarias abandonadas.

Anoche no llegaste al cine, Capitán, dijo el Jefe. Es que me mandaron a hacer mis tareas, respondió Tito. Vos sos hijo de dominio, dijo el Jefe. Tito sintió que los Invisibles, que los rodeaban en el campanario, lo miraban con caras de burla, el cuchillo entre los dientes. Uno de ellos usaba un pañuelo rojo moteado de blanco amarrado a la cabeza, el otro tenía una pata de palo.

Perdón, Jefe, dijo Tito. Tendrás una penitencia, respondió el Jefe. Vas a conseguirme una lata de sardinas, tengo hambre. Tito bajó tan rápido como pudo los escalones para ir a la venta y buscar cómo robar la lata de sardinas en un descuido, porque sabía que el Jefe no había almorzado; vivía solo con su papá, que era hojalatero, y compraban el plato de comida del almuerzo en una comidería del vecindario, un plato para los dos.

En la cuartería vivían también un carpintero que fabricaba ataúdes de niño, una dulcera que amasaba corderitos de pasta de arroz, y una adivina paralítica que hablaba desde su cama detrás de una cortina. Salvo por la adivina, los demás inquilinos trabajaban en el corredor, el papá del Jefe sentado en un banquito soldando cántaros y baldes con una barra de estaño, el carpintero en su mesa, unas veces clavando y aserrando, otras colocando los morriones de flores de papel a los ataúdes blanqueados con albayalde, y la dulcera con una tabla en el regazo picando con unas tijeras los corderitos de dulce para fingir la lana.

¿Y los Invisibles?, preguntó Tito al volver al campanario. Los mandé a cumplir una misión peligrosa y lejana para probar su lealtad, dijo el Jefe mientras metía los dedos en la lata de sardinas abierta a golpes de navaja. ¿Y si desertan?, preguntó Tito. Entonces, la maldición eterna caiga sobre ellos, respondió el Jefe, tragando un bocado. Ya sólo vamos a ser dos, dijo Tito. Oyó entonces que su padre lo llamaba a gritos desde la acera de la venta, pero se mantuvo firme y se quedaron en el campanario hasta que oscureció.

—Un sombrero de caballero —dijo el oficial.

—Mi sombrero de ir a la finca —dijo el denunciante.

—Es una prenda muy vieja —dijo el oficial.

—Sí, pero a mí me sirve —dijo el denunciante.

—Aquí tiene, perdone —dijo el oficial.

En un claro de la selva izaron la bandera de Los Intrépidos Invencibles y saludaron con la mano en la sien cuando llegó al tope del asta. Ahora vamos a jugar bendito-escondido, ordenó el Jefe. ¿Quién va a esconderse primero?, preguntó Tito. Yo, dijo el Jefe, no me busqués hasta que terminés de contar veintiuno, sin hacer marrulla.

Tito se volvió contra el tronco de un ceibo, contó hasta veintiuno con la cara entre las manos y al terminar de contar se dio vuelta. El Jefe había desaparecido. Gritó llamándolo, pero nadie respondía en la soledad. Era como estar en el fondo de una poza de aguas turbias, con la luz de la tarde moviéndose entre los ramajes cerrados. Entonces se puso a llorar.

—Una pluma Parker 41 —dijo el oficial.

—Mire, le rompieron la bomba —dijo el denunciante.

—Es sólo por hacer la maldad —dijo el oficial.

—Esta pluma la dejo, no sirve —dijo el denunciante.

—Tienen que llevárselo todo, después me van a firmar un recibo —dijo el oficial.

Con vos ya no se puede jugar, Capitán, sos peor que una niña, dijo el Jefe, saliendo de entre el follaje. Es que desapareciste, dijo Tito. Ése es el juego, desaparecer, dijo el Jefe. Perdón, dijo Tito, secándose las lágrimas. Lo mismo decís siempre, mamplorita, dijo el Jefe, pero de nuevo se rió, y propuso: mejor corramos a la cueva del trono de la calavera. Corrieron entonces tocando música de guerra con la boca, y traspasaron la cascada que protege la entrada de la cueva.

Capitán, tengo una notificación que hacerle, dijo el Jefe, muy pensativo, sentado ya en el trono. Escucho y obedezco, se cuadró Tito. La Hermandad Invencible queda disuelta, dijo el Jefe. Tito tardó en comprender. ¿Ya no querés ser el Duende que Camina?, preguntó. No es eso, Capitán, es que parto en busca de una tierra lejana, respondió. ¿Y el anillo de tu poder? El anillo me lo llevo, dijo.

Yo me voy con vos, dijo Tito. No, Capitán, tenés que quedarte, respondió el Jefe. No quiero quedarme, dijo Tito. Conforme el juramento de sangre tenés que obedecer mis órdenes, dijo el Jefe. Sí, Duende que Camina, respondió entonces Tito, y golpeó el puño contra su pecho. Los Invisibles quedan para cuidarte, ya volvieron triunfantes de su misión, dijo el Jefe. Era cierto, habían vuelto. Se les sentía merodear dentro de la cueva.

—Un anillo de mala calidad, con una calavera en relieve —dijo el oficial.

—¿Un anillo? ¿De dónde salió ese anillo? —preguntó el denunciante.

—El ladrón lo llevaba puesto en el dedo, pensamos que era parte del botín —dijo el oficial.

—Qué cosas más raras las de la vida —dijo el denunciante.

San José, Costa Rica, 1967/Managua, 2008

Ya no estás más a mi lado corazón

El circo Hermanos Garrido llegaba a mediados de abril. No existían ahora tales hermanos Garrido. Habían muerto hacía tiempo abrasados cuando el circo tomó fuego en Masaya en media función porque las llamaradas de querosín que el tragafuegos Luzbel aventaba por la boca prendieron en una cortina, y tras que el público había salido en estampida y los artistas también, ellos dos valientemente se dedicaron a poner a salvo a los animales, que en ese tiempo eran muchos y variados, un tigre de Bengala, un elefante hindú, un oso bailarín, una pantera con su cachorro, y entonces la carpa se les desplomó encima como una gran antorcha flameando y no se les vio más, ni a ellos ni a los animales, y lo que quedó por días fue un tufo pernicioso a carne quemada que no dejaba a la gente del vecindario probar bocado a la hora de sentarse a la mesa.

Llegaba el circo cuando las chicharras cantaban bajo la lumbre del sol del verano, y en las noches los cerros se encendían con los fuegos de las quemas de los rastrojos porque la tierra calcinada reverdecía mejor bajo las lluvias a la hora de la siembra. Ahora era un circo sin carpa, de modo que los volantines de los trapecistas podían verse desde afuera sin necesidad de pagar la entrada. El tragafuegos Luzbel, sobrino de los hermanos Garrido, había quedado como heredero universal de toda aquella ruina.

Los únicos animales en las funciones eran al presente una cabra matemática, que contaba hasta doce apartando con golpes de pezuña, en el orden correspondiente, unos cubos de madera que tenían pintados los números por sus cuatro lados; un mono que con los ojos vendados adivinaba el sexo de las mujeres presentes entre el público, y su manera de adivinar era irse andando rápido en cuatro patas, como un perro que olfatea su presa, directo a meter la mano por en medio de las piernas de la escogida, que era por lo general alguna ya entrada en carnes y en años, lo que causaba sus gritos suplicantes y risas desaforadas en los demás; y un viejo caballito pony.

El caballito pony, pese a su edad, corría en círculos con toda energía por la pista llevando en su lomo a la sin par Mireya, en mallas y faldita de balletista, mientras un saxofón y un clarinete amenizaban sus cabriolas en tiempo de polca, y un tambor redoblaba en solitario cuando ella se preparaba a dar la voltereta mortal para caer de pie, airosa y triunfante, sobre la montura, y entonces sonaban los aplausos de los asistentes, escasos porque el poblado era tan pobre como el circo, y, para colmo, los menores de edad nos colábamos sin pagar por debajo de la lona que rodeaba las galerías.

La sin par Mireya de amazona pasaba a trapecista tan sólo quitándose la faldita, así como el payaso Míster Tancredo era también el mago Kazán, y el enano Leonardo, el bailarín de planta, llamado Leonardo el Galante, se convertía en volatinero, pues subía por la cuerda hasta el tinglado para colgarse patas arriba de la barra de un trapecio, y agarrar a la sin par Mireya de las manos cuando saltaba desde el otro trapecio sin ninguna red debajo, no por temeridad, sino por la misma indigencia del circo.

Leonardo el Galante bailaba tangos y rumbas sin compañera al son del saxofón y el clarinete, y no era propiamente un enano de esos que parece que les han amputado las piernas, sino una miniatura de proporciones muy bien guardadas, sus modales muy educados y finos, siempre de saco blanco, como de primera comunión, y corbata de lentejuelas, salvo cuando subía al tinglado, pues entonces se desnudaba para quedarse en calzoneta de seda escarlata, con lo que más bien parecía un niño enclenque incapaz de sostener el peso de la trapecista en sus manos tan minúsculas, pero vaya si lo sostenía.

Salvo el tragafuegos Luzbel, todos los cirqueros hacían de todo, pero la que más hacía era la sin par Mireya, pues también vendía los boletos en la taquilla, barría del suelo las cáscaras de naranjas, las colillas de los cigarrillos y demás suciedades y desperdicios, lavaba entre las piedras de la quebrada el vestuario de los artistas, trapos de mucho colorido que dejaba allí mismo a secar, les cocinaba sus tiempos de comida en un fogón al aire libre, y, cuando ya iba a terminar la función, salía a vender al público presente sus propias fotografías tamaño postal, que acusaban antigüedad porque se habían puesto amarillas.

El programa lo cerraba siempre el número del tragafuegos Luzbel. El pelo largo hirsuto, y vistiendo una calzoneta de piel de leopardo a la manera de Tarzán, revoleaba sus antorchas encendidas en el aire antes de metérselas en la boca y soplar las potentes llamas que una vez habían sido causa de la desgracia del incendio; y cuando las ristras de luces alimentadas por el motor de gasolina se apagaban, la sin par Mireya, aún vestida con la malla que era de un verde limón, se alejaba hacia los breñales de la quebrada arrastrando en una mano el saco de bramante que le servía de lecho, y en la otra llevaba una lámpara tubular para alumbrarse el camino entre las piedras. Debió tener entonces bastante más de treinta años, quizás cuarenta, pero como seguía siendo flaca y se seguía amarrando el pelo amarillento en una cola de caballo, tensado hasta rasgarle los ojos como los ojos de las chinas, es que parecía siempre la adolescente del retrato que ofrecía en venta al público.

Olía al querosín en que el tragafuegos Luzbel empapaba las antorchas que luego se metía encendidas en la boca, porque eran marido y mujer. A querosín quemado y al sudor de todos sus saltos, piruetas y demás afanes, que ya se le había enfriado en el cuerpo, y cuando se despojaba de la malla verde limón su piel enseñaba estrías en el vientre, esas estrías que dejan los partos repetidos, y mejor no digo que el tajo de una operación cesárea, porque no me acuerdo bien ahora que han pasado los años, pero tampoco creo que me habría acordado entonces, de haberme interrogado sobre esos pormenores el juez de instrucción criminal llegado desde la cabecera departamental de Masaya.

A la luz de la lámpara tubular, los pies de la sin par Mireya eran grandes y feos como los de un hombre; el sexo, despoblado de vello como la cara de un animalito hambriento al que le faltaran los dientes, y las tetas escuálidas como las de la cabra matemática. Los más de sus clientes éramos imberbes, y quienes iban por primera vez se sentían miedosos, y miedosos se quitaban los pantalones y los calzoncillos con gestos demorados, para quedar sólo con la camisa puesta, mientras los que se preciaban de experimentados los urgían con bromas y con risas, y por fin los empujaban sobre ella, que los atrapaba en un abrazo desganado, y les enseñaba como una maestra regañona lo que debían hacer. También había adultos que son los que ella prefería, porque iban a lo que iban y se desfogaban rápido, y ésos no se quitaban los pantalones, se soltaban el cinturón y se los bajaban a media pierna, y a veces ni eso, sólo se abrían los botones de la bragueta como si nada más fueran a orinar.

A cada turno ella echaba atrás la cabeza y caía vencida sobre el bramante, como si tuviera sueño, las rodillas duras alzadas, mientras en la oscuridad la quebrada escasa de agua vadeaba con morosidad las piedras. Entretanto, el tragafuegos Luzbel cantaba sentado en las tablas desiertas de la galería del circo las canciones de moda en las roconolas, la vida es una tómbola, o las piedras jamás paloma qué van a saber de amores. Era una voz ronca y áspera, como puede esperarse de quien traga todos los días humo por el gaznate caliente, y se llena los pulmones de querosín quemado.

A comienzos de mayo el circo estaba por levantar sus cuatro desgracias, que cabían todas en dos viajes de un camión de carga, en el primero los cirqueros, montados sobre los rimeros de soportes y tablas de las galerías desarmadas. En el segundo viaje, junto con los cofres del vestuario de los artistas, iban el caballito pony con su cabestro amarrado al barandal, la cabra matemática, debidamente apersogada, el mono adivinador del sexo de las mujeres, sujeto a su cadena, y los músicos, sentados a plan, con los pies colgando de la plataforma, cada uno con su respectivo instrumento musical en el regazo, el saxofón, el clarinete y el redoblante.

Bien recuerdo que ya se oía el retumbo lejano en los cielos por el oriente, rumbo de donde venían al pueblo las lluvias que empezaban sin falta el 3 de mayo, día de la Santa Cruz, ya los rastrojos en todas las huertas quemados y aún las brasas encendidas sobre la tierra renegrida donde uno podía hallarse serpientes, garrobos y conejos achicharrados.

Si ya barruntaba lluvia, es una pregunta que el juez de instrucción, llegado desde Masaya en un convoy expreso formado por la locomotora y un vagón de segunda clase, no tenía de todas maneras por qué hacerme, si él mismo podía sentir aquel calor pegajoso en el aire estancado, y escuchar los truenos distantes cuando se bajó en la estación ferroviaria con su comitiva, el secretario de actuaciones que cargaba la máquina de escribir, el médico forense y un resguardo de tres soldados armados de rifles Garand, recibidos por una multitud de curiosos que los siguió por la Calle Real. Era un juez bizco que parecía rogar al cielo con uno de sus ojos, y con el otro miraba al testigo fijamente, de manera acusatoria.

Ahora, si la pregunta del juez de instrucción hubiera sido por qué sostiene y afirma usted que ya estaba por irse el circo, su único ojo fijo mirando primero al secretario de actuaciones, y luego al interrogado, aquel secretario de papada floja y fruncida como la de los chompipes tendría que haber escrito en su máquina desdentada, pues le faltaban teclas: el testigo sostiene su dicho en que era ésa la costumbre, levantar campo al apenas entrar mayo, después de haber llegado a mitad de abril.

Además, el payaso Míster Tancredo, que montado en zancos hacía el paseo de propaganda por las calles cada tarde, anunciaba por entonces las funciones de despedida, dos personas con un solo boleto y gratis los niños menores de seis años, manera de apresurar a la gente a que acudiera a la función y así reunir el dinero necesario y suficiente para pagar el alquiler del camión que en su doble viaje los llevaría al siguiente pueblo de su itinerario, generalmente cercano, Catarina, Niquinohomo, Nandasmo. Pero tampoco esa pregunta me fue formulada.

El hecho que había provocado la llegada del juez de instrucción y su comitiva en el convoy expreso fue conocido a la hora en que entraban al pueblo los burros cargando de a dos las pichingas de leche, cuando la gente, aún el sueño en las caras, fue saliendo a las puertas para saber más de la noticia que ya estaba en todas partes como si una mano equitativa la hubiera ido repartiendo por igual, sin dejar a unos con menos ni a los otros con más: la sin par Mireya había amanecido muerta, completamente desnuda, en los breñales de la quebrada hasta donde arrastraba el saco de bramante que le servía de lecho, aparentemente estrangulada porque el cadáver tenía muy visibles en el cuello las marcas moradas de unos dedos que habían apretado con fuerza y con rencor.

El descubrimiento del cadáver fue hecho al filo de la medianoche por el saxofonista, el clarinetista y el tamborilero, cuyos nombres respectivos son, por su orden, Anselmo, Sófocles y Sempronio, quienes de inmediato dieron aviso al tragafuegos Luzbel, y los cuatro juntos se presentaron a comunicar el suceso delante de las autoridades de la localidad, quienes a su vez dieron noticia a la cabecera departamental por la vía telegráfica.

El juez de instrucción decidió instalarse con el secretario de actuaciones en la oficina del director de la Escuela Superior de Varones, donde se procedió a tomar los testimonios de los declarantes, y decretó que en las aulas del tercero y segundo grado quedaban retenidos a su disposición los sospechosos, que venían a ser todos los miembros del elenco de cirqueros ambulantes, sin faltar los músicos.

El aula del sexto grado se utilizó para practicar la autopsia, y el cadáver de la occisa fue tendido sobre la mesa del profesor, manchada de tinta y marcada con tajaduras de navaja, de donde habían sido apartados el globo terráqueo, la caja de tizas y el diccionario Sopena Ilustrado. El médico forense era un anciano atacado del mal de San Vito. Le temblaban las manos mientras buscaba abrir el estuche de madera en que traía cuchillos, tijeras y bisturíes de todo tamaño, así como una sierra de dientes muy finos, y ya iba a empezar a rajarla en canal cuando uno de los soldados con el rifle en bandolera llegó a ahuyentarnos de la ventana donde estábamos arracimados, dispuestos a observar los pormenores del procedimiento.

Era extraño contemplarla desnuda sobre la mesa con el pelo amarillento ahora suelto y desgreñado, y los ojos antes rasgados como los de las chinas mirando con asombro sin fin a las tejas del techo, aunque el sexo despoblado de vello como la cara de un animalito hambriento al que le faltaran los dientes, y las tetas escuálidas como las de la cabra matemática, siguieran pareciendo iguales.

El secretario de actuaciones recogió el dictamen de voz del médico forense, en el que hizo constar que los dedos del homicida habían aplastado la tráquea al presionar la parte delantera del cuello de la víctima, pero que la causa final de la muerte había sido la hemorragia provocada por el desgarramiento de los cartílagos de la laringe, siendo la hora estimada del deceso entre las diez y las diez y treinta de la noche; y una vez que le fue leído se apresuró a firmarlo pues debía coger el tren ordinario de las dos de la tarde que pitaba en la estación en su espera, la plumilla rasgando la gruesa hoja de papel timbrado en el que los temblores de su mano dejaron un reguero de manchas de tinta.

Yo cursaba el sexto grado de primaria y tenía la edad de trece años. Uno de los soldados del resguardo del juez de instrucción se presentó en mi casa a la hora en que íbamos a sentarnos a almorzar, con una esquela firmada y debidamente sellada por el secretario de actuaciones, en la que se me ordenaba comparecer en calidad de testigo porque según las indagaciones previas que constaban en el sumario, me hallaba entre los últimos que la noche anterior habían requerido los favores de la occisa en los breñales de la quebrada, noticia que provocó el llanto y las lamentaciones de mi madre que no paraba en su extremo estado de histeria de acusarme de niño perverso y corrompido, mientras mi padre, que recién llegaba de su finca a la que se había ido aún oscura la madrugada, y hasta ahora se enteraba de los hechos ocurridos, quiso cuerearme con su cinturón de baqueta, y cuando me escabullí me persiguió furibundo por las calles, con lo que mi mejor decisión fue correr en dirección a la escuela donde quedé bajo la protección del juez dada mi calidad de declarante.

De todas maneras no era fácil que me diera alcance cuando quería castigarme a cinchazos, y una vez que le debía varias, aprovechó que me hallaba dentro de la caseta del baño, desnudo y enjabonado, para intentar azotarme allí mismo, pero yo lo empujé, y así como estaba salí a toda carrera a la calle por la que se acercaba una procesión del Señor de los Milagros acompañada de música y cohetes, con lo que su persecución se convirtió en súplica afligida de que volviera a entrar, bajo promesa de anular el castigo, mientras me ofrecía una toalla para que me cubriera y me halagaba con la promesa de llevarme esa noche al cine.

Depuse ante el juez todo lo que según mi leal saber y entender era de mi conocimiento, en tanto mi padre, el cinturón presto en la mano, bufaba en la puerta de la oficina contenido por los soldados; y de este modo expresé que, en efecto, había sostenido trato carnal con la occisa, no una sino varias veces, pagando cada vez el emolumento, que alcanzaba la suma de cinco córdobas, con dinero sustraído del producto de la venta de la leche acarreada cada mañana desde la finca de mi progenitor y expendida en el zaguán de la casa por mi progenitora, dinero que ella guardaba en un tarro de avena Quaker; y que esa última vez, consumado el coito, me había retirado a mi domicilio a una hora que según mis cálculos sería las diez de la noche.

A la pregunta de si había sido yo de los últimos de la fila, respondí que no de los últimos, sino propiamente el último, hallándome, además, a solas con ella, pues todos los demás se habían ya retirado; a la pregunta de si en tal caso había visto a alguien más merodeando por los alrededores, respondí que no, nadie más era visible por los alrededores. Escuchado lo cual el juez de instrucción miró con su ojo fijo como de vidrio al secretario de actuaciones, y luego me miró a mí, expresando con toda gravedad que si no fuera por mi magra complexión física y la poca fuerza de mis años, lo que no me hacía capaz de cometer un acto de estrangulamiento, a estas horas me estaría viendo en serios problemas con la justicia, ya que según mi propia confesión, rendida sin halagos ni amenazas, había sido el último en permanecer con la occisa sin haber nadie más a la vista, siendo además la hora del deceso, según el dictamen forense, cercana a la que yo decía haberme retirado del lugar del crimen.

A la pregunta de si recordaba otros hechos o circunstancias relativos al caso, respondí que sí, y era que desde el circo se oía cantar al tragafuegos Luzbel ya no estás más a mi lado corazón; a la pregunta de si era de mi conocimiento que el tragafuegos en cuestión era esposo de la occisa, respondí que aquello era lo que se decía de parte de la voz popular; a la pregunta de si era de mi conocimiento que el tragafuegos ya dicho enviaba él mismo a su mujer a los breñales de la quebrada a prestar sus servicios sexuales con el propósito de quedarse con los emolumentos percibidos por ella, respondí que aquello no era de mi conocimiento, y tampoco de mi incumbencia.

No habiendo más preguntas, el secretario de actuaciones procedió a leer el acta, la cual firmé de conformidad, solicitando mi padre desde la puerta, ya más calmado, y repuesto el cinturón en sus pantalones, que se hiciera constar que era yo menor de edad e hijo de dominio, lo cual así se hizo, aunque el juez advirtió a mi padre, sin que fuera materia del acta, que poco dominio y potestad demostraba conmigo, obligado como estaba a mi vigilancia y custodia en virtud de la patria potestad, con lo que recibí la venia de retirarme, y ya en la puerta mi padre me empujó hacia adelante con algo de fuerza, pero más bien se leía en su cara que su enojo se había convertido en orgullo porque era yo hombre probado a los ojos de todos los que se agolpaban fuera de la oficina en busca de escuchar aunque fueran retazos de las declaraciones, lo que quedó demostrado cuando ya en la calle me dijo que la próxima vez no robara, sino que le pidiera a él el emolumento del caso, y que por el momento mejor no me presentara en la casa para dar tiempo a que se fuera desvaneciendo el estado de exaltación nerviosa de mi madre.

La vista siguió su curso, y el principal sospechoso ante el ojo fijo e inquisidor del juez de instrucción parecía ser el tragafuegos Luzbel; pero contra lo que todos pensaban no lo llamó a declarar de primero, sino que el escogido fue el payaso Míster Tancredo, el que a la vez ejercía de mago ilusionista bajo el nombre de Kazán, y quien resultó llamarse Manuel Salvador Gómara Lucientes, natural de la población de Yoro, República de Honduras, siendo su edad de cincuenta años.

El secretario no lo consignó en el acta, pero el compareciente era albino, asunto de nula importancia cuando actuaba de payaso, pues su cara parecía de todas maneras embadurnada de albayalde; y cuando actuaba en sus pericias de mago, adornado con un turbante que a su vez adornaba una pluma de pavo real, se oscurecía con polvos de carbón a fin de semejar un árabe del Magreb, como él mismo proclamaba con voz cavernosa: vengo del lejano Magreb donde aprendí las ciencias de lo oculto; y de inmediato procedía a ensartar las espadas en las paredes del cajón alargado, puesto sobre una peaña, dentro del cual yacía la sin par Mireya, asomando por un hueco la cabeza, pues éste era otro de los múltiples oficios que hay que añadir a la occisa; un cajón que si no fuera por los círculos carmesí, verde y naranja con que estaba pintado, habría parecido un ataúd.

El juez de instrucción, para sorpresa del propio secretario de actuaciones y de quienes se mantenían amontonados en la puerta y en las ventanas de la oficina, ordenó al testigo, sin quitarle que a encima el ojo fijo que ahora parecía encendido, expresar desde cuándo era amante de la occisa, como quien lanza al mar una red a ver si algo pesca, o acaso había ido armando en su cabeza alguna teoría y buscaba probarla; y para nueva sorpresa de todos, el testigo declaró sin ninguna vacilación que el asunto entre él y la occisa venía desde un año atrás, habiendo empezado cuando practicaban una tarde el número de las espadas, y al momento de alzarla en sus brazos para acostarla dentro del cajón, le dio él un beso apasionado que fue correspondido de la misma manera.

Entonces existió alguna desavenencia entre ustedes y por eso procediste a estrangularla en descampado, después de acechar oculto a que todos sus clientes amorosos se hubieran ido, dijo el juez, ahora en tono cordial, el ojo apaciguado, como si entre el testigo y él hubiera existido una vieja amistad y se encontraran los dos sentados alrededor de una mesa de cantina, a lo que el testigo respondió, también de manera sosegada, que nunca acostumbraba a aventurarse en horas nocturnas a ningún sitio, menos bajar a una quebrada, pues siendo albino no podía ver de noche y bastante trabajo tenía ya con acertar a meter en el cajón las espadas donde debía meterlas, y que si lo lograba era por la mucha experiencia que en ello había desarrollado.

El secretario de actuaciones esbozó una sonrisa de burla con la que se vengaba de a saber cuántos agravios de parte del juez, pues un subalterno está siempre sometido a las arbitrariedades y humillaciones de la autoridad superior; pero como aquel ojo implacable siempre lo miraba a él antes que a nadie, bajó rápidamente la cabeza y siguió tecleando: preguntado el testigo si el esposo de la occisa conocía acerca de esas relaciones adúlteras, responde que bien lo sabía, al extremo de haberse producido altercados serios entre ambos rivales, y amenazas de muerte de aquél en contra de la finada, así como golpizas que constantemente le propinaba, impedido sin embargo el dicente de intervenir en defensa de ella por las limitaciones visuales ya expresadas, pues si padece de ceguera nocturna también su visión es deficiente durante el día, sea el día soleado o nublado; acto seguido agrega que el tragafuegos Luzbel sospechaba de sus intenciones de fuga, lo cual era cierto, pues habían tramado fugarse apenas el circo abandonara el presente lugar, y viviendo a su lado ella ya nunca más sería una prostituta; hecho éste de la fuga que significaría la ruina del ya dicho tragafuegos Luzbel, pues iba a quedarse sin payaso y sin mago, y sin trapecista y sin amazona, todo su elenco estelar desaparecido como por un soplo, y además sin boletera, y sin barrendera, y sin lavandera, y sin cocinera.

Ya había pasado con holgura la hora del almuerzo pero el juez de instrucción no daba visos de ordenar algo de comer, y así el secretario de actuaciones sentía un hervor rugiente en las tripas, y miraba, además, con envidia, cómo aquél bebía cucharadas de una pacha oscura que parecía contener algún remedio para la tos, pero no era otra cosa que aguardiente, siendo que cada vez que lo veía ejecutar aquella operación de llevarse la cuchara a la boca y arrugar con disgusto fingido la cara, se sentía tentado de decirle ¡salud!, pero se contenía porque el otro iba a tomarlo de seguro como una burla levantisca, como en verdad lo era.

Ahora no había cómo equivocarse en quién sería el próximo en comparecer, y dos soldados condujeron delante del juez de instrucción al tragafuegos Luzbel, con todas las precauciones del caso pues ya no era un simple testigo sino el primer sospechoso, mientras un rumor acusatorio se alzaba del gentío cada vez mayor ubicado en las afueras de la oficina escolar.

Dio sus generales de ley, y resultó llamarse Hermenegildo Malpartida Garrido, de nacionalidad salvadoreña, de cuarenta y cinco años de edad, de oficio empresario de espectáculos, y estado civil viudo, por haber estado casado por la vía civil con la occisa, Mireya Montes Caballero. Preguntado si se declaraba parte ofendida, respondió que sí, por tratarse del asesinato de su esposa legítima; pero el juez, en su ojo fijo ahora una mirada fiera, pareció saltarle encima al decir que en ese mismo momento, y por ministerio de la autoridad de que se hallaba investido, lo declaraba reo; ante lo cual el tragafuegos Luzbel preguntó, sin alarde ni espaviento, por qué motivo se le apresaba, y el juez respondió, con el mismo talante agresivo y decidido, que por causa del presunto delito de parricidio llevado a término por medio de estrangulamiento, con los agravantes de ley de haberse ejecutado el hecho en despoblado y sin prevención de la víctima, que se hallaba desnuda e indefensa; siendo que, además, en el auto de señalamiento de cargos iba a agregar el delito de proxenetismo, el cual consiste en el hecho punible de prostituir de manera reiterada a una mujer para sacar de ello ventajas pecuniarias, peor si se trata de la propia.

Cualquiera diría que el tragafuegos Luzbel era un hombre corpulento, por el hecho de salir a escena vestido con una piel de leopardo como Tarzán, pero más bien acusaba la facha de alguien consumido por la perseverancia de la necesidad, y el pelo hirsuto que se dejaba crecer, en lugar de darle fiereza, parecía más bien la prueba de que no tenía con qué pagar los servicios de un barbero; y así como se presentaba delante del juez de instrucción, en camisola de punto sin mangas, el pantalón brillante en las nalgas de tanta plancha como había recibido, y los pies metidos en unas chinelas de hule, su estado de calamidad era aún más patente.

Con muestras de sobrada humildad, y desde lo hondo de su garganta quemada por el fuego, empezó a decir, mientras el secretario de actuaciones tecleaba como si lo hiciera con saña, que antes de nada quería aclarar el segundo punto referente al delito de proxenetismo imputado; pues si es cierto que su difunta esposa era puta, aquel oficio lo ejercía de común acuerdo entre los dos, como una manera de ayudarse a vivir, pues los ingresos de la boletería no eran suficientes y todo se iba en alimentar a los cirqueros, músicos y animales, privándose ellos dos del bocado para satisfacer a los demás; y cada vez que ella recogía el bramante y se dirigía a un sitio apartado, como en el caso de este pueblo los breñales de la quebrada, él quedaba oprimido de mucho sentimiento de pesar y se consolaba cantando canciones populares del gusto de ambos, que era su manera de acompañarla en su quehacer, y cuando regresaba se acostaban juntos a dormir en paz, sin peso alguno en sus conciencias.

En este momento el juez de instrucción interrumpió al indiciado para ordenar al secretario de actuaciones tachar del acta la palabra «puta», por ser de naturaleza indecente, y sustituirla por «ramera» o alguna otra de su propia escogencia, a lo que el secretario eligió «hetaira». Enmendada de esta manera el acta, siguió adelante el indiciado y dijo: que en cuanto a la primera imputación sus manos están limpias, pues nunca tuvo motivo ni agravio para haber atentado contra la vida de su legítima esposa, de quien guardará recuerdo eterno; y además de la pérdida irreparable que significa su muerte, lamenta que ya no podrán tener el hijo deseado, pues siempre estuvo de por medio la tuerce de no quedar ella preñada, y cuando por fin quedó, el niño venía enredado en el cordón umbilical y no sobrevivió, a pesar de la operación cesárea que hubieron de practicarle a la madre en el Hospital General de Jinotepe, donde el circo acampaba entonces.

El juez de instrucción procedió a interrumpirlo de nuevo y ordenó al secretario de actuaciones leer la parte conducente de la declaración del testigo Manuel Salvador Gómara Lucientes, alias «Kazán», o «Míster Tancredo», donde establece la relación amorosa que tenía con la occisa, lo cual se procedió a cumplir, y terminada la lectura, el tragafuegos Luzbel, sin acusar alteración alguna ni en su ánimo ni en su voz, expresó ser ciertas esas relaciones entre su esposa y el albino, pero siempre bajo paga, razón por la cual nunca dejó ella de considerarlo como un cliente más, y, por tanto, no había razón alguna para mostrar celos o enojo, y así viene a resultar falso que hubiera golpeado o amenazado de muerte a su esposa alguna vez, siendo testigos cabales de lo dicho los artistas y músicos, quienes así lo confirmarán en el momento de ser llamados a declarar; y dice así mismo que la aseveración de que su esposa se propusiera huir con el aludido no es sino mera invención, pues a ella más bien le causaba disgusto su contacto o cercanía, convencida como estaba de que los albinos traen mala suerte a quien sostiene relaciones íntimas con ellos.

En cuanto al hecho del crimen en sí mismo, agregó que Ambrosio el saxofonista, Sófocles el clarinetista, y Sempronio el tamborilero podían atestiguar que en ningún momento se movió de la galería donde se sentaba a cantar para que ella pudiera oírlo desde los breñales de la quebrada, pues esos tres jugaban desmoche en el redondel a la luz de una lámpara de carburo, y solamente cuando ya tardaba demasiado en volver pidió a los susodichos el favor de ir a averiguar la causa del retraso, ya que él, en su condición de propietario, no podía descuidar la vigilancia de las pertenencias del circo, pues, aunque magras, los amigos de lo ajeno siempre están al acecho, favor que no solicitó a Leonardo el Galante, el mejor y más fiel de sus amigos entre la troupé circense, porque se hallaba postrado esa noche causas a un ataque de fiebres tercianas, sudando la fiebre bajo el embozo de la cobija; y cuando volvieron los tres ya dichos con la noticia de haberla hallado muerta, sin importarle ya que se robaran lo que quisieran los ladrones, corrió delante de ellos hasta la quebrada, y después de comprobar él mismo la veracidad del hecho, se presentaron los cuatro a dar parte ante la autoridad, lo cual consta en el expediente del caso.

El juez de instrucción mostró en el parpadeo constante de su ojo fijo, que pareció apagarse, su perplejidad ante el testimonio rendido por el tragafuegos Luzbel, y fue patente que vaciló en la convicción de su culpabilidad; pero cuando los músicos Anselmo, Sófocles y Sempronio rindieron sus respectivas declaraciones, aunque confirmaron en general lo dicho por el indiciado, el último de los tres, Sempronio el tamborilero, dijo recordar que el tragafuegos Luzbel se había quitado de la galería en una ocasión para ir a orinar, demorándose más de la cuenta.

Esta grave afirmación devolvió el brillo entusiasta al ojo fijo del juez, quien ya no dudó en su convicción de la culpabilidad del reo. Y como atardecía, mandó suspender la vista de la causa, que debía ser continuada en la cabecera departamental, y ordenó al jefe del resguardo amarrar hacia atrás las manos del tragafuegos Luzbel, para lo cual se utilizó yarda y media de cordel que yo mismo compré en una tienda de la vecindad a petición del juez, quien me la hizo al verme asomado a la ventana, entregándome un billete de cinco córdobas, dinero del que rendí cuentas al secretario de actuaciones al regresar con el encargo.

Así mismo, ordenó la libertad incondicional de todos los demás cirqueros, y ya ni siquiera consideró necesario interrogar a Leonardo el Galante. Entonces, juez y secretario, y el prisionero amarrado bajo custodia de los tres soldados del resguardo, se dispusieron a emprender la marcha hacia la estación del ferrocarril. El secretario de actuaciones me pidió cargar con su máquina de escribir desdentada y me sumé, no sin orgullo, a la procesión que iba por la Calle Real mientras la gente acudía a sus puertas y ventanas a vernos pasar.

Sucedió entonces que, de pronto, se oyeron unos gritos desaforados, y era Leonardo el Galante que corría detrás de nosotros, nos dio alcance a pesar de lo corto de su paso, se plantó delante del juez, que hubo de detenerse y con él todos los demás, ofreció su filiación diciendo llamarse Leonardo Sobrado Alcatraz, natural de Flores del Petén, Guatemala, soltero de treinta y dos años de edad, y artista del espectáculo, y en altas y claras voces confesó que se había fingido enfermo de un ataque de fiebres tercianas la noche de los hechos para mejor disimular la alevosía de sus intenciones, que había dejado de manera furtiva su catre para dirigirse a la quebrada donde se escondió entre los breñales en espera de que la sin par Mireya terminara su oficio con los clientes, que cuando advirtió que por fin estaba sola apareció delante de ella para hacerle por última vez la súplica tantas veces repetida de que accediera a concederle sus favores, dispuesto como siempre a pagarle el doble y hasta el triple del emolumento, a lo que ella no sólo se negó una vez más, sino que una vez más se rió en su cara con desprecio, diciéndole que soportaba encima de ella a un albino por dinero pero nunca jamás a un enano fenómeno de circo por muy galante artista y maestro de la rumba que fuera, por lo cual, herido en lo más hondo de su ser, hizo lo que ya tenía decidido en caso de un nuevo fracaso, que fue saltar sobre ella y apretarle el cuello con las mismas manos que la sostenían en el aire cuando se soltaba del trapecio, hasta que sintió que tras los estertores de la agonía ya no respiraba del todo, y entonces volvió corriendo a acostarse, saciados ya por fin sus deseos de venganza; confesado todo lo cual de su libre y espontánea voluntad, sin halagos, cohechos ni amenazas, se entregaba reo de la justicia porque lo perseguía sin tregua su conciencia, y en el mismo acto pedía que fuera liberado de su prisión, sin más trámite, el tragafuegos Luzbel, por ser un hombre de bien, excelente amigo y fiel esposo.

De una de las casas vecinas alguien había traído una mesita y una silla para que el secretario de actuaciones pudiera escribir la declaración de Leonardo el Galante a media calle, y yo coloqué encima de la mesita la máquina que ya me pesaba; pero el juez decidió desechar aquella confesión mediante auto de nulidad que procedió a dictar, visto y resultando que aquel liliputiense sólo estaba actuando de semejante manera en busca de notoriedad pública, ya que según la psicología forense las personas de escasa estatura procuran siempre la fama a cualquier costo, aún sea por medio de la mentira, más siendo obvio que alguien de aquella naturaleza y catadura no era capaz de estrangular a nadie sobre todo si, como era el caso de Leonardo el Galante, sus manos eran más bien las de una pulcra señorita, aseveración aprobada mediante risas por los de la procesión y por quienes miraban desde sus puertas y ventanas, todos riendo a mandíbula batiente menos el tragafuegos Luzbel que se mantenía abatido y en silencio.

¿Cómo así entonces he podido sostenerla cuando después de dar el salto mortal allá arriba en el trapecio venía ella volando hasta donde estaba yo colgado paτaτ arriba en la barra y la agarraba con las manos sin haberla soltado nunca tal cual pude haberlo hecho de intención si no es que aún guardaba la esperanza de que un día fuera mía?, preguntó Leonardo el Galante, otra vez en altas y claras voces, pero ya la procesión se había puesto de nuevo en marcha, y sus palabras se las tragó el viento que se despertó de pronto en una ráfaga que barrió la calle mientras arriba retumbaban los truenos en amago de la inminente tormenta.

Manuel Salvador Gómara Lucientes, el albino, al día siguiente de quedar libre se marchó en el tren con su ataúd pintado de círculos carmesí, verde y naranja, y su manojo de espadas, protegido del daño del sol por un sombrero de pita de grandes alas y unos anteojos oscuros, más sus atuendos del payaso Tancredo acomodados en una valija de cartón comprimido, donde también iría su turbante del mago Kazán llegado del lejano Magreb.

Por los periódicos supimos que al cabo del juicio celebrado en Masaya, el jurado de conciencia encontró culpable a Hermenegildo Malpartida Garrido, mejor conocido como el tragafuegos Luzbel, por el delito de parricidio más los agravantes de alevosía y ventaja, sumado el delito de proxenetismo; y como la sentencia de presidio perpetuo incluía también el pago de las costas del juicio, las pertenencias del circo Hermanos Garrido pasaron a ser vendidas en pública subasta. El caballito pony fue comprado por mi padre para repartir la leche a domicilio, car-

gado con dos cántaros pequeños. La cabra matemática la adquirió un tullido que la utilizaba como animal de tiro de su carrito de madera y ruedas de
bicicleta que llevaba pintado un rótulo que decía LA
CARIDAD ES LA LLAVE DEL CIELO.

El mono lúbrico pasó a ser propiedad de una
de las mujeres aquellas del público, víctima de sus
jugarretas licenciosas a la hora de adivinar el sexo,
lo que fue motivo de comentarios léperos entre la
población. Anselmo, Sófocles y Sempronio logra-
ron probar que eran dueños en propiedad de sus
respectivos instrumentos, el saxofón, el clarinete y
el redoblante, con los que partieron del pueblo a correr fortuna con su orquesta errante.

Leonardo Sobrado Alcatraz, y nadie lo llama
nunca sino Leonardo el Galante, se quedó a vivir
aquí, empeñado al principio en su manía de retar a
la tercia a quien se le pusiera enfrente para probar la
fuerza de sus manos. La verdad es que siempre ganaba, por muy corpulentos que fueran sus contrin-
cantes, y su jactancia de siempre era que seguía
siendo muy capaz de estrangular a una mujer ya no
con las dos manos, sino con una sola. Terminó de
limosnero, vestido con ropa que le regalan las familias cuando los hijos de estatura parecida a la suya
crecen, y duerme en una banca de la plaza municipal. La barba entrecana, parece un niño disfrazado
de anciano en una velada escolar.

Ahora hay juez de instrucción en este lugar,
y ya no es necesario que venga nadie desde la cabecera departamental de Masaya a practicar la indagatoria de casos criminales. Yo soy ahora el juez de
instrucción. Cuando voy al cementerio cada 2 de

noviembre a visitar la tumba de mis padres, me toca pasar frente al sitio donde está sepultada la sin par Mireya, y me detengo unos instantes. En el montículo de tierra mandé hace tiempo sembrar una cruz con su nombre escrito en letras de alquitrán en el travesaño, MIREYA MONTES CABALLERO, que fue el que el tragafuegos Luzbel dio en su declaración indagatoria. La cruz ya no está. Alguien dice que Leonardo el Galante la arrancó lleno de furia en medio de una borrachera y la hizo pedazos, pues ahora, además, se ha vuelto alcohólico.

Managua, 2010/2012

Las alas de la gloria

A Daisy Zamora

La madrugada del miércoles 21 de abril del año 2004, un adolescente de nombre desconocido mató de diez estocadas de bayoneta en el barrio Monimbó, en la ciudad de Masaya, a José Trinidad Aranda Calero, de cincuenta y cinco años de edad. Quedó demostrado en las pesquisas policiales que el arma era propiedad de la misma víctima.

Según la vocera de la policía de Masaya, el occiso ingería licor en una cantina con otras cuatro personas, amigos suyos, que se retiraron cerca de las dos de la mañana, y solamente quedaron él y el adolescente cuya compañía buscó, invitándolo a su mesa. Se sentaron juntos, pero el dueño del lugar les dijo que tenía que cerrar sus puertas, y cuando ambos se vieron en la calle, José Trinidad le pidió al muchacho que fuera a comprar licor, dándole el dinero necesario. No era tarea fácil a esas horas, pero al cabo de veinte minutos el otro volvió con una botella de ron Plata envuelta en una hoja de periódico.

Sentados en la acera de la cantina, que ya había quedado a oscuras, bebían a pico de botella, y en determinado momento comenzaron a discutir. Las voces subieron de tono, se quitaban la palabra a gritos, hubo empujones, y José Trinidad terminó por sacar el arma amagando con agredir al adolescente que tomó el partido de alejarse hacia el medio de la calle, donde el otro lo persiguió enardecido, bayoneta en mano. Ante el acoso, el adolescente empezó a defenderse a pedradas hasta que logró acertarle una de buen tamaño en el abdomen, con lo que logró doblegarlo de rodillas. Éste fue el momento que aprovechó para despojarlo de la bayoneta y darle las diez estocadas mortales, entre ellas dos en el cuello, una en la tetilla izquierda, otra en el abdomen, otra en el brazo derecho, otra en el rostro a la altura de la barbilla. Según el médico forense, el fallecimiento se produjo por causa de un shock hipovolémico a consecuencia de la abundante hemorragia provocada por las heridas.

La policía, a cargo de la instructiva preliminar, calificó el hecho como homicidio doloso, mientras tanto el reo alegó legítima defensa. El arma homicida y el pantalón ensangrentado del adolescente fueron enviados al Laboratorio de Criminalística en Managua para determinar si la sangre pertenecía a la víctima, lo que resultó confirmado.

El expediente policial no revela la identidad del hechor porque el Código de la Niñez y la Adolescencia lo prohíbe cuando se trata de menores de dieciocho años, como se comprobó en este caso mediante el acta de nacimiento respectiva. Pero su nombre, de todas maneras, importaría poco. José Trinidad Aranda Calero, en cambio, era bien conocido en el barrio. Se había ganado el sobrenombre de «el Panadero» porque cada madrugada abordaba un bus con destino a Managua cargando un canasto de pan que se dedicaba a vender de casa en casa por las calles de la colonia Centroamérica, haciendo él mismo el pregón a voz en cuello. Era su forma de ganarse la vida desde muchos años atrás.

María Antonia Pavón, su viuda, para ayudarse a pasar vende bebidas gaseosas, meneítos y otras golosinas en una mesa que saca cada mañana a la puerta de la casa. Antes, ella y su marido manejaban un molino de maíz, pero el motor se dañó y nunca tuvieron recursos para repararlo. Dice que José Trinidad era una persona querida en Monimbó, no tenía rencillas con sus vecinos, y su única desgracia era la afición al trago. La madrugada de su muerte, siendo un día de semana, debió haber estado ya de pie en su casa, listo para salir a recoger el canasto de pan en la panadería donde se lo entregaban al fiado, dada la confianza en su honradez, pues pagaba cumplidamente al regresar de Managua cada atardecer. Pero más bien se había quedado bebiendo en la cantina, y ya solo, sin sus amigos, fue a buscar la compañía de un desconocido con el que inició la fatal discusión que lo llevó a la muerte.

La vocera policial explicó la causa de la discusión. Discutieron, con empecinamiento de borrachos, acerca de quién de los dos era más hombre. Pero seguramente por no poner semejante expresión en su propia boca, la vocera no dijo que las palabras usadas en la disputa fueron en realidad «quién tenía más huevos», como consta en la declaración del adolescente inserta en el expediente.

Hasta aquí podríamos titular esta historia, no por común menos trágica, como «La muerte del repartidor de pan», y ponerle punto final, no sin antes dar algunos datos acerca de la filiación de

José Trinidad. Era de mediana estatura, un tanto
requeneto, el rostro lampiño, los pómulos anchos y
los ojos rasgados; gustaba vestir camisetas sin mangas, y por causa de las púas de su cabello, rebeldes
al peine, también lo apodaban «el Chirizo».

Pero en el camino nos surge otro dato que debemos tomar en cuenta, y que el lector no desprecia-
rá. También lo llamaban «el Comandante». Tres
apodos para una sola persona pueden parecer excesi-
vos. «El Panadero», «el Chirizo», «el Comandante».
Y es este tercero, que tiene que ver con el pasado de
José Trinidad, el que nos obliga a seguir adelante.

Todo el mundo tiene una biografía, por muy
insignificante que al principio nos parezca, y será
aún más fuerte la impresión de insignificancia si alguien comienza a contar esa biografía a partir de
una crónica policial relativa a la muerte violenta del
personaje, por razones aparentemente banales; es
decir, si se comienza por el final que no contiene,
claro está, todo el pasado. Y no hay biografía sin
pasado, sobra decirlo. Mientras tanto estaríamos
frente a un cuaderno de hojas en blanco donde sólo
hay una abundante mancha de sangre en la última
de esas hojas.

He guardado por años las notas del suceso
publicadas en los dos periódicos de Managua, *La
Prensa* y *El Nuevo Diario,* bastante similares porque
están basadas, sobre todo, en las declaraciones de la
vocera policial. Para aquel tiempo llamé a la autora
de la nota de *El Nuevo Diario,* mi amiga Karla Cas-
tillo, porque quería saber si el arma homicida propiedad de la víctima, y usada por el adolescente
para darle cuchilladas hasta desangrarlo, era verda-

deramente una bayoneta, la hoja de acero que se cala junto a la boca del cañón del fusil, tal como la usan los soldados de infantería; o si se trataba nada más de una daga a la que la vocera había dado ese nombre por afinidad al lenguaje militar. Karla no lo sabía, porque no había estado presente en la comparecencia, y sólo había recogido por teléfono las anotaciones del corresponsal del periódico en Masaya. Es apenas un dato, pero a veces un dato aislado puede llegar a cobrar relevancia decisiva.

A José Trinidad lo llamaban «el Comandante» porque en su juventud había sido guerrillero. Y si se trataba de una bayoneta de fusil verdadera, sobre lo que habremos de volver luego, es que la conservaba como trofeo, y salía con ella al cinto cuando visitaba las cantinas, escondida debajo de la camisa, bajo ese reflejo propio de quien alguna vez se jugó la vida y no desdeña la compañía de las armas. Una blanca en este caso, a falta de un arma de fuego.

En la declaración del adolescente no consta que José Trinidad haya invocado las hazañas de su pasado guerrillero para fundamentar su bravata la noche de su asesinato, ni siquiera la más famosa de ellas, de la que ya hablaremos. Del historial del adolescente no conocemos nada, gracias a su anonimato legal, y de todos modos, a su edad, no es probable que tuviera mucho de que alardear. Cada uno de ellos era más hombre, tenía más huevos. Eso era todo. Una disputa perdida en la neblina del licor, sin apelación a ningún hecho determinado.

La víctima, ya sea porque consideraba de tanto peso su historia como para rebajarse a explicarla a un desconocido, o porque pensaba que el desconocido estaba obligado a saberla, o simplemente porque se hallaba demasiado embriagado para entrar en recuerdos o razonamientos, se quedó en los gritos y en las bravuconadas, y en el gesto que el adolescente cita en su declaración, de haberse agarrado los testículos con energía en repetidas ocasiones, antes del momento fatal en que procedió a sacar la bayoneta.

Dejemos establecido que el adolescente ignoraba quién era José Trinidad, y qué había hecho en su vida. No lo sabía cuando aceptó su invitación para que se acercara a su mesa en la cantina, donde se había quedado solo después de que sus amigos se marcharon, ni cuando le dio muerte a estocadas. Y aun si José Trinidad hubiera intentado explicarle su pasado, y hacer alarde de la más intrépida de sus hazañas, el adolescente a lo mejor no le hubiera entendido, o no le hubiera creído, y en último caso tampoco le hubiera importado.

Si no había cumplido los dieciocho años, quiere decir que debió haber nacido en 1987, casi una década después que José Trinidad se había alzado detrás de las barricadas en el barrio de Monimbó, en febrero de 1978, con decenas de otros jóvenes para resistir las embestidas de las tropas de la Guardia Nacional, cuando estalló en el barrio la insurrección popular provocada por el asesinato del periodista Pedro Joaquín Chamorro a manos de sicarios de la dictadura de Somoza.

Hay una fotografía tomada para esos días de la insurrección de Monimbó por Susan Meiselas, donde tres combatientes populares, cubiertos con máscaras, extienden las manos hacia unas cuantas bombas de contacto depositadas en el suelo. Las máscaras son las que usan los bailantes callejeros tradicionales, hechas de cedazo y pintadas de color rosa, cejas y bigotes en negro, con las que salen a danzar en cuadrillas en días de fiestas patronales, disfrazados de conquistadores españoles, en simulacros de combate contra otros que van disfrazados de enemigos moros. Las bombas de contacto fueron una invención de los artesanos pirotécnicos de Monimbó, fabricadas con clorato de potasio y charneles, y envueltas apretadamente con masking tape, para ser lanzadas a manera de piedras explosivas contra el enemigo. Uno de los tres enmascarados de la foto es José Trinidad. Como había nacido en 1952, tenía para entonces veintiséis años.

Nada de esto sabía el adolescente cuando cometió el crimen. Mediaba la diferencia de edades, y todo lo que semejante diferencia trae consigo, volviendo a ambos habitantes de dos planetas distantes en el tiempo. Además, la revolución en la que José Trinidad había participado era un hecho demasiado lejano, una nebulosa en la que se borraban ya batallas decisivas, alzamientos callejeros, barricadas de adoquines, rostros y nombres de héroes populares caídos en combate, y los nombres y los rostros de los sobrevivientes de aquella gesta iban envejeciendo sin remedio.

Susan Meiselas ensayó un experimento treinta años después. De las fotos que tomó en los meses cruciales de la lucha contra Somoza, hizo ampliaciones gigantes que exhibió en los mismos lugares donde se habían dado los sucesos, una de ellas, la de los tres enmascarados extendiendo las manos hacia las bombas de contacto, colocada en la plaza del barrio Monimbó, que ahora lleva el nombre de Pedro Joaquín Chamorro, el corazón mismo de la insurrección. Quería medir la reacción de la gente. Algunos, los más viejos, los de aquella generación que había hecho la guerra, y que había puesto los muertos, se detenían curiosos, como quien se asoma a su pasado por una ventana que creía cerrada. La mayoría, y entre ellos los de la edad del adolescente homicida, pasaban sin detenerse.

De todas maneras, José Trinidad nunca fue comandante en aquella lucha revolucionaria. Lo llamaban así por cariño, igual que por cariño lo llamaban «el Panadero», o «el Chirizo». Fue un combatiente anónimo, de los que hubo cientos en Monimbó, de los que nunca escalaron posiciones de poder, y se quedaron tan pobres y desconocidos como antes, cargando en la cabeza un canasto de pan para venderlo de puerta en puerta, por ejemplo; algunos fieles a la vieja idea de la revolución y a sus líderes, otros indiferentes, dedicados a sobrevivir, y otros llenos de amargura, o de frustración, con el sentimiento de haber sido olvidados y postergados.

Pero en el caso de este guerrillero anónimo asesinado a cuchilladas una madrugada, si nunca llegó a alcanzar el grado de comandante, cabe decir que fue tocado por las alas de la gloria, si es que imaginamos a la gloria en la figura de una deidad alada, que es como generalmente se la representa, una especie de ángel evasivo que bien puede ser primo hermano del destino, otra deidad igualmente inconstante. Un leve roce de alas quizás, para hundirse de nuevo en el abismo del olvido. Es a lo que nos referíamos cuando hablábamos de la más famosa y de la más intrépida de sus hazañas, y es lo que conviene explicar a continuación.

El martes 22 de agosto de 1978, el Comando Rigoberto López Pérez del Frente Sandinista de Liberación Nacional, formado por veinticinco combatientes, tomó por asalto el Palacio Nacional, una acción que asombró al mundo y golpeó de tal manera a la dictadura de Somoza, que se desmoronaría menos de un año después. Divididos en seis escuadrones, los guerrilleros iban disfrazados de soldados de la Escuela de Entrenamiento Básico de Infantería (EEBI), una fuerza de élite feroz que comandaba el propio hijo de Somoza, apodado «el Chigüín», término popular heredado del náhuatl y del pipil que significa «niño», el niño de Somoza, el chigüín de Somoza.

A las 12.30 de la mañana, mientras el sol ardía a plomo sobre Managua, los combatientes bajaron frente a los portones laterales del palacio de los dos vehículos pintados de verde en que fueron transportados desde sus escondites, sorprendieron y desarmaron a los vigilantes de turno, dejaron resguardos alertas en la primera planta, subieron a la carrera las escaleras que llevaban al salón de sesiones del Congreso Nacional, y entre una tronazón de disparos al aire tomaron como rehenes a los diputados que sesionaban a esa hora, cuyo presidente era nada menos que un primo hermano de Somoza.

Tras algunos tiroteos con centinelas que habían vuelto de la sorpresa, y que fueron puestos en fuga o abatidos, todas las puertas de acceso al palacio se cerraron y aseguraron por dentro con cadenas, quedando en el interior más de dos mil personas entre empleados públicos y solicitantes que hacían gestiones a esa hora, porque también funcionaban allí el Ministerio de Gobernación y el Ministerio de Hacienda donde se tramitaba el pago de los impuestos. El comando liberó primero a las mujeres y a los niños y luego a todos los civiles, y dejó como rehenes a los diputados y a un grupo selecto de funcionarios del gobierno. Tras vanos intentos de un contraataque militar al palacio, y dos días de negociaciones, Somoza terminó por acceder a las demandas del comando, que incluían la liberación de los presos políticos, muchos de ellos guerrilleros. Cuando todo concluyó, prisioneros y combatientes pudieron por fin partir hacia Panamá en un avión Electra de la compañía Copa, fletado por el gobierno del general Omar Torrijos, simpatizante de los sandinistas.

Los combatientes habían sido seleccionados días atrás en los distintos frentes guerrilleros del país en base a su destreza en el combate y su valentía y arrojo personal, y varios de ellos salieron de Monimbó, probados en las barricadas y en la lucha clandestina. A José Trinidad le propusieron ser parte de una operación de alto riesgo, sin más detalles, y aceptó sin hacer una sola pregunta. Como no tenía una camisa decente para hacer el viaje en bus a Managua, le regalaron una de nylon de color gris, de mangas largas, que se pegaba como un hollejo a su cuerpo embebida de sudor.

Fueron transportados a una casa de seguridad en el reparto Serranías de la carretera sur, y sólo pocas horas antes se les reveló la naturaleza del operativo.

Cada uno recibió un número por identificación, comenzando desde el cero. «Cero» era el jefe del comando, Edén Pastora. José Trinidad fue designado «el Veintitrés». Años después, para el tiempo en que en Monimbó lo apodaban indistintamente «el Panadero», «el Chirizo», y «el Comandante», nadie recordaba ya aquel número. Nadie lo apodaba «el Veintitrés».

Recibió un fusil Garand M1 con la bayoneta calada, y una dotación de ciento cincuenta cartuchos, y así mismo un uniforme verde olivo confeccionado por costureras clandestinas, que le quedó bastante flojo de tamaño; una boina negra de fieltro, de la partida comprada en los comercios de San José de Costa Rica; un par de botas de media caña de la marca nacional Rolter, de la partida comprada en el Mercado Oriental de Managua, que poco tenían de militares; una mochila de campaña, también verde olivo, donde había un foco de pilas en prevención del corte de la energía eléctrica; dos paquetitos de bicarbonato de sodio en caso de que fuera necesario contrarrestar los efectos de los gases lacrimógenos; dos vendas de media yarda para contener la sangre de las heridas; y una bolsa de polietileno con capacidad para almacenar un litro de agua. A fin de que pareciera un verdadero soldado de la EEBI, fue rasurado al rape con una maquinilla de barbería.

Los preparativos no resultaron perfectos. No podían serlo. Los dos vehículos en los que los miembros del comando fueron transportados hasta las puertas del palacio, sentados en bancas laterales, eran camionetas de acarreo cubiertas con toldas de lona, pintadas de un verde demasiado brillante y sin los emblemas de la EEBI en las puertas de la cabina; los uniformes tampoco llevaban las escarapelas y demás distintivos que identificaban al cuerpo de élite, y ya se dijo que las botas no eran del tipo militar.

El armamento también dejaba que desear. El comando disponía de un fusil de asalto G3, asignado a Cero, dos subametralladoras israelitas Uzi y una carabina M3, utilizadas por los números Uno, Dos y Tres, los comandantes que seguían a Cero en el orden de mando. Las armas de la tropa eran rifles Garand M1 de la época de la Segunda Guerra Mundial, como el que recibió José Trinidad, que se cargan con un clip de ocho cartuchos 30-06, de uso reglamentario para los soldados rasos de la Guardia Nacional pero lejanos a los fusiles automáticos Galil de última generación proveídos por el gobierno de Israel a la EEBI.

De modo que el comando del asalto al Palacio Nacional no hubiera resistido un examen riguroso, pero no se trataba de eso. Se trataba de conseguir el factor sorpresa en una audaz acción relámpago, y fue logrado con creces. Todo esto se ha contado muchas veces, y lo que hago es resumirlo en lo esencial.

José Trinidad formó parte de uno de los tres escuadrones que penetraron por el portón oeste del Palacio Nacional, del lado de la avenida Roosevelt, otrora la más importante y bulliciosa de la capital, y en la que ahora lo que había eran baldíos, cimientos de casas entre la hierba y esqueletos de edificios, evidencias del terremoto que había destruido la ciudad menos de seis años atrás, el 22 de diciembre de 1972. El palacio de estilo neoclásico, de una manzana entera, situado frente a la plaza de la República, muy cerca del lago de Managua, resistió el terremoto, no así la catedral Metropolitana, a un costado de la plaza, aún en pie pero dañada por fracturas que la habían vuelto inservible.

Los combatientes y los prisioneros liberados, tras aterrizar en el aeropuerto de Tocumen, fueron alojados en el cuartel de Tinajitas. Unos permanecieron en Panamá, desde donde luego ingresaron a Costa Rica para integrarse a las fuerzas del Frente Sur, y otros viajaron a Cuba, sobre todo los prisioneros que pertenecían a la tendencia de la Guerra Popular Prolongada (GPP). El Frente Sandinista se hallaba dividido para entonces en tres tendencias, y el golpe había sido organizado por la Tendencia Insurreccional, comúnmente llamada Tercerista. La otra era la Tendencia Proletaria.

Pero no se trata de volver sobre los complejos problemas intestinos del sandinismo. Sólo quiero indicar que José Trinidad, igual que los demás integrantes del comando, viajó de manera clandestina a San José de Costa Rica, desde donde fue llevado a la provincia fronteriza de Guanacaste, y pronto entró a formar parte de una de las columnas del Frente Sur bajo el mando del padre Gaspar García Laviana, un sacerdote asturiano de la orden del Sagrado Corazón convertido en jefe guerrillero.

El padre Gaspar cayó en combate en diciembre de 1978, pero José Trinidad entró en triunfo a Managua con las fuerzas del Frente Sur el 19 de julio de 1979. A partir de allí se pierde su rastro. Se habrá quedado algún tiempo en el naciente ejército que sustituyó a la derrotada Guardia Nacional de

Somoza; por alguna razón habrá solicitado su baja, y en algún momento volvió al barrio de Monimbó en Masaya y empezó a ganarse la vida en diversos oficios, hasta el último que conocemos, el de vendedor ambulante de pan. Es cuando se convierte en el Panadero, sin haber dejado nunca de ser «el Chirizo», ni tampoco «el Comandante». Lo de los apodos, si era llamado de un modo o de otro, viene a ser un asunto de intermitencias, de circunstancias, de momentos cambiantes, hasta el último, cuando fue asesinado.

A lo mejor, unos de esos momentos en que volvía a ser «el Comandante», para él mismo y para sus amigos, era alrededor de una mesa de cantina, sobre todo si quienes lo acompañaban habían sido también miembros del otrora famoso comando de la toma del Palacio Nacional; y si, como es probable, José Trinidad conservaba la bayoneta de su fusil Garand M1, los demás buscarían agarrarse a otros recuerdos de la lejana hazaña, las boinas de fieltro utilizadas en la operación, por ejemplo, que aún hoy algunos de ellos usan para salir a la calle, por deterioradas que estén, adornadas con insignias diversas.

Digo lejana hazaña, porque entre la toma del Palacio Nacional, cuando fueron rozados por las alas de la gloria, aunque se tratara apenas de un leve toque, y el asesinato de José Trinidad, habían transcurrido ya veintiséis largos años de memoria, y de olvido. Hoy, cuando escribo esta historia en agosto de 2010, esa distancia ha crecido a treinta y dos años. Cuando el lector la tenga en sus manos, serán aún más. Un mar de tiempo, de tonalidades cambiantes, pero siempre insondable.

Pero sigamos adelante. De los miembros del comando sobreviven diez, que trabajan como celadores nocturnos, choferes de autobuses, obreros municipales, vendedores ambulantes, y otros simplemente están desempleados; al menos uno emigró un día como espalda mojada a California para trabajar de bracero en una plantación de frambuesas; y, como fue el caso de José Trinidad, además de víctimas de la pobreza lo son también del alcoholismo. Algunos de ellos, en estado de embriaguez, han tenido problemas con la policía, presos por alguna causa menor, riñas sin consecuencias, desacato a la autoridad, o escándalo en la vía pública.

Sus apodos son todos apodos de juventud, de cuando fueron combatientes, o seudónimos que usaban por razones de seguridad en la guerrilla, el Reverendo, la Conga, Gabriel Peligro, el Pendejo, Chacalote, Cegatuno. En cada aniversario de la hazaña en que participaron se les vuelve a entrevistar, se les convoca a actos oficiales, y ellos agregan una insignia más a sus boinas. Luego, pasan de nuevo al olvido.

De los que ya están muertos, varios perecieron en combate después del asalto al palacio, tal es el caso de Aldo, caído en la toma de Peñas Blancas, frontera con Costa Rica, el 18 de septiembre de 1978; David, caído en la comarca de San Benito, departamento de Chinandega, el 1 de noviembre de 1978; Porfirio, caído en Nueva Guinea en mayo de 1979, cuando fue diezmada la columna guerrillera Jacinto Hernández; el Pelón, caído junto con el padre Gaspar García Laviana el 11 de diciembre de 1978, en Punta Orosí, departamento de Rivas; Pepe Gallinazo, muerto en el curso de una embocada a la Guardia Nacional en el Polvón, comarca del departamento de León, en enero de 1979. De los otros, Malicia se mató de un balazo jugando a la ruleta rusa; el Chambón murió en Granada, según el relato de sus compañeros en «la más perra miseria»; y el Panadero, o «el Chirizo», o «el Comandante», de quien venimos hablando, asesinado con su propia bayoneta por un adolescente.

Si de acuerdo al informe policial el arma con la que se cometió el crimen es en verdad una bayoneta, y si es la misma que José Trinidad recibió junto con el Garand M1 cuando el asalto al Palacio Nacional, entonces se trata de una bayoneta M5, con lámina de 17 centímetros, equivalente a 6,75 pulgadas, que es la que corresponde a ese tipo de fusil de infantería.

Supongo entonces que cuando José Trinidad abandonó con sus demás compañeros el cuartel de Tinajitas rumbo a Costa Rica, conservó su fusil. Ninguno de los otros fusiles Garand M1 repartidos a los miembros del comando antes del asalto al Palacio Nacional llevaba bayoneta calada, más que el que le tocó a él por obra del destino. Semejante situación, en lo que hace a la disparidad de los equipos militares, no era extraña. Esas armas provenían de los distintos frentes clandestinos en el país, arrebatadas a la Guardia Nacional en los combates, introducidas de contrabando, o compradas en el mercado negro.

No sabemos si al incorporarse al Frente Sur le dieron un arma más moderna, ahora que se contaba con el suministro de fusiles automáticos Kalashnikov, AK-47. Pero si eso fue así, se quedó con la bayoneta como recuerdo de la hazaña de su vida, y la atesoró siempre, sin imaginar que con ella misma iban a matarlo una madrugada tantos años después de haber recibido el leve roce de las alas de la gloria, que a veces equivoca los giros de su vuelo, y toca por casualidad los hombros de los anónimos y de los humildes.

Masatepe, agosto 2010

La colina 155

A Henry Ruiz (Modesto)

La palabra «manjol» viene del inglés *manhole*. Es el hueco que da acceso a las alcantarillas. La falta de la tapa del manjol puede ser causa de graves accidentes para los conductores de vehículos inadvertidos, y peor, para los peatones, sobre todo si se aventuran de noche por la media calle. Esta clase de accidentes se ha multiplicado en los últimos tiempos en Nicaragua, debido al alza exagerada en los mercados internacionales del precio de los metales que se usan para fabricar las tapas —hierro, cobre, bronce, etcétera—, lo cual pone a estos objetos en la mira constante de los ladrones.

El precio del cobre, por ejemplo, se ha triplicado en cinco años y ha alcanzado 16.000 dólares por tonelada, mientras que el valor del plomo ha llegado a un récord histórico de 4.000 dólares por tonelada, precio similar al del bronce. La causa principal es el consumo voraz de esos metales por parte de países como China o la India, que han acelerado sus inversiones industriales y de infraestructura.

Este fenómeno alienta a los talleres de fundición en Managua a comprar de manera inescrupulosa piezas y artículos metálicos que son producto del robo, y así desaparecen constantemente, además de las tapas de los manjoles, los cables del tendido eléctrico y telefónico, los cables coaxiales y de fibra óptica con blindaje que transmiten las señales de televisión e Internet, los medidores del servicio de agua potable, y los hidrantes. No se salvan los objetos sagrados de las iglesias, ni las verjas y adornos funerarios de los cementerios, ni tampoco los prohombres ilustres, como ocurrió con el busto de bronce del general Bernardo O'Higgins, recuperado por la policía una madrugada de manos de una cuadrilla de ladrones a quienes dieron persecución después que lo habían separado de su pedestal en la avenida de los Próceres de América, y lo transportaban en una carretilla de mano con la intención de venderlo a una chatarrería para ser fundido.

(Otro metal que goza de alta demanda es el aluminio, pues dada su ligereza de peso, su flexibilidad y resistencia, ya se sabe que es útil en la fabricación de envases desechables, sobre todo latas de bebidas, y permite el reciclaje. Quienes se dedican a recogerlos lo hacen sin exponerse a cometer acciones delictivas, pues generalmente se los encuentra en los tachos domésticos de basura, y en los de restaurantes, hoteles, discotecas y cantinas.)

Había escrito lo anterior buscando la manera de dar inicio a esta historia, pero me está apartando del tema, y es lo primero que recomiendo a mis alumnos en los talleres literarios: una vez que se ha hecho la escogencia del asunto central en un cuento, no alejarse nunca de él y enfrentarlo sin rodeos. Al toro siempre por los cuernos.

Pero aun así, viéndolo bien, el asunto de los manjoles y las latas me da dos posibilidades de abrir la narración, que vamos a llamar A y B:

En la posibilidad A, un hombre de unos cincuenta años, que calza unas viejas botas militares, camina la mañana de un miércoles, a eso de las ocho, a la par de su hijo, por una de las calles sombreadas de acacias de Los Altos de Santo Domingo, en el área residencial del sur de Managua, empujando un carretón. El hijo tiene unos doce años. El oficio del hombre es esculcar en los tachos de basura, con la ayuda del niño, en busca de latas desechadas de cerveza y bebidas gaseosas. Nada más de lo que hay en los tachos le interesa. Es miércoles porque ese día pasa por el sector el camión recolector de la Alcaldía Municipal, y los tachos son sacados a las aceras desde temprano. Ambos hacen el trabajo de la manera más callada posible para no poner en advertencia a las empleadas domésticas a quienes no les gusta para nada que revuelvan la basura que luego queda derramada sobre la acera.

Pero da la casualidad de que esa mañana, en la puerta de servicio de una de las residencias, una empleada de uniforme celeste y delantal blanco está recibiendo de un mensajero montado en su motocicleta la factura de cobro de la luz eléctrica, y ve venir al hombre y al niño. La empleada es joven y agraciada, y su pelo negro luce húmedo porque acaba de bañarse. Ya los conoce, se ha peleado algunas veces con el hombre del carretón debido a los regueros de basura, por lo que él intenta pasar de largo; para su sorpresa, la muchacha lo llama, le dice que adentro hay montones de latas, y se las ofrece.

Podríamos anotarlo como un rasgo repentino de generosidad, pero lo cierto es que la noche anterior ha habido allí una fiesta de cumpleaños con abundantes invitados. Es un excelente trato. Ella se libera de una carga, porque le tocaría recoger las latas, meterlas en sacos de plástico negro y sacarlas a la vereda. Él recibe a cambio un tesoro, el equivalente de toda una mañana de búsqueda, adelantándose al paso del camión, que lo llevaría fuera de los linderos de Los Altos, hacia Lomas de Santo Domingo y el Mirador.

Es por esa razón que el hombre y su hijo, la muchacha por delante, entran a la residencia por la puerta de servicio, un tanto temerosos, y siguiendo una vereda de piedra cantera que se abre en medio de la grama rasurada, bordean una alameda de cocoteros enanos cargados de frutos que resguarda una piscina de aguas turquesas, para llegar hasta el rincón donde la noche anterior estuvo instalado el bar, la larga mesa de patas metálicas plegables ahora desnuda del mantel aún allí, y al lado de la mesa unas jabas de vasos de alquiler y dos grandes recipientes de zinc que sirvieron para enfriar las latas de bebidas. El hielo ya se ha disuelto por completo en los recipientes, y en el agua nadan algunas latas que no llegaron a ser abiertas. Junto a un muro coronado por una frondosa mata de buganvilia, está el túmulo de latas vacías que los meseros fueron tirando de manera indolente, algunas de ellas estrujadas.

La muchacha desaparece por un momento, y regresa con un atado de bolsas plásticas negras de las gigantes, que ellos de inmediato despliegan y comienzan a llenar. También hay botellas. Botellas de whisky, vodka, ron, tequila, pero ya se ha explicado que al hombre sólo le interesan los envases de aluminio, y por tanto las deja de lado, a pesar de las instancias que ella les hace. En total llegan a llenar cinco bolsas. En el primer viaje hacia el carretón el padre va cargando dos, el niño una.

Cerca de la piscina de aguas turquesas hay un pabellón abierto al que en determinado momento la vereda, que hace una curva, se acerca en su recorrido. El piso es de ladrillos de barro barnizados que brillan a la luz encandilada de la mañana, y hay una hamaca de manila colgada de dos argollas empotradas a los pilares, y una mesa de fierro con sobre de vidrio rodeada de unos sillones también de fierro, forjados en arabescos.

La muchacha, que va siempre adelante, abriéndoles el paso, es la primera que se sorprende al ver en el pabellón al dueño de casa, en pijama, sentado en la silla de ruedas, con el periódico de la mañana en el regazo. Ya estaba allí desde antes seguramente, sin que ninguno de los tres lo notara, cuando pasaron en busca de las latas. La fiesta de su cumpleaños terminó tarde, cerca de las cuatro de la madrugada, y ella lo hacía dormido. Detrás de la silla de ruedas está de pie una enfermera, impecablemente vestida de blanco almidonado, asida a los manubrios.

El hombre que carga las dos bolsas de plástico negro ha descubierto también al ocupante de la silla de ruedas, y un impulso natural lo hace detenerse, con lo que también se detiene, a su vez, el niño que sigue sus pasos. Y los ojos del hombre no se entretienen en su cara, sino en que le falta una pierna, mutilada a la altura de la rodilla. La pernera del pijama se halla cuidadosamente doblada en ese punto, sujeta por una gacilla.

Le ralea el pelo que tira a rojizo por la tintura con que lo tiñe, y la piel se le afloja en dos bolsas fláccidas bajo los ojos. Su color es malo, el color de los enfermos crónicos de diabetes mellitus. Huele de lejos al olor dulzón y triste de azahares macerados del agua de colonia Tres Coronas con que seguramente la enfermera lo fricciona después del baño, las espaldas, el pecho, el cuello, el cuero cabelludo.

El inválido mira al hombre primero fijamente, escrutándolo de manera un tanto socarrona. Después le sonríe, con cara de alegre sorpresa. El hombre se queda mudo y deposita las bolsas en la grama, como si hubiera sido sorprendido robando. Mientras tanto el niño, su hijo, a su espalda, conserva la suya siempre colgada del hombro.

En la posibilidad B, el barrio residencial es el mismo de Los Altos de Santo Domingo, pero en horas de la madrugada, un poco antes de que comience a aparecer el sol. La calle sembrada de acacias en las veredas también es la misma. Por en medio, porque no hay a esas horas ningún tráfico de vehículos, un carretón tirado por un caballo canoso y escuálido avanza desbocado. En el pescante, tajona en mano, un hombre de unos cincuenta años, calzado con unas viejas botas militares, lo apura a correr más allá de lo que dan sus pobres fuerzas, mientras, sentado a su lado, su hijo de unos doce años se agarra con miedo de la pretina de su pantalón. Detrás viene dándoles persecución una radiopatrulla de la policía, y el agente que viaja al lado del conductor ya ha hecho dos disparos de prevención al aire. La sirena, que emite un ladrido agresivo de manera intermitente, no deja de sonar.

El caballo, agotado, se derrumba sobre sus patas delanteras, el eje del carretón se quiebra, y la caja, que queda suelta atrás, se volantinea contra la cuneta derramando su contenido oculto debajo de una lona, tapas de manjoles que ruedan por el pavimento como grandes monedas que luego se derrumban pesadamente, en tanto los ocupantes del carretón, repuestos de la caída, emprenden la carrera calle arriba perseguidos por dos de los agentes de la radiopatrulla que ha frenado bruscamente, mientras otros dos examinan el botín desparramado en la calle, siete manjoles en total.

Corren. El hombre de cincuenta años es flaco y ágil, entrenado en su juventud para huir de emboscadas, reptar entre matorrales bajo fuego enemigo, traspasar alambradas, atravesar corrientes con el fusil en alto, y al hijo, sus doce años le ponen alas en los pies. Los policías, en cambio, están fuera de forma. A uno de ellos le pesa la barriga tanto como los años, y el otro es un policía de escritorio, que debe hacer suplencias en las rondas nocturnas. Así que, aunque llevan ventaja, el hombre teme a los disparos, y tras unos trescientos metros de carrera abierta, toma la iniciativa de saltar por encima del muro de una residencia, el que le parece menos alto, a pesar de que se halla coronado por una serpentina de alambre de púas de acero, filosas y amenazantes, y lo mismo hace el hijo.

Caen al otro lado sobre un mullido colchón de grama mojada por el rocío de la madrugada, las manos, los brazos y las piernas desgarrados por el filo de las púas, y avanzan en cuatro patas hasta alcanzar una vereda de piedra cantera que se abre en medio de la grama rasurada. Frente a ellos hay una alameda de cocoteros enanos cargados de frutos, y detrás de la alameda una piscina que duplica el gris del cielo, que es también el gris de todas las cosas que van apareciendo, volviéndose reales, como la copia de una fotografía que chorrea agua colgada de una cuerda en el cuarto de revelado, símil quizás poco útil en los tiempos que corren.

A contramano de la piscina, donde termina el colchón de grama húmeda, hay un pabellón en sombras al que en determinado momento la vereda, que hace una curva, se acerca en su recorrido. Una hamaca de manila cuelga de dos argollas empotradas a los pilares, y en el piso de ladrillos de barro descansa una mesa de fierro con sobre de vidrio, rodeada de unos sillones también de fierro, forjados en arabescos.

Exactamente en el mismo lugar está el inválido en su silla de ruedas. Una sombra entre las sombras, con el mismo pijama, la pernera doblada a la altura del muñón de la rodilla, prensada con una gacilla. Siempre madruga. Después de las cinco de la mañana le es difícil conciliar el sueño. Detrás de la silla, la enfermera, vestida impecablemente de blanco almidonado, se mantiene de pie, asida a los manubrios.

La luz estalla de pronto, violenta, encendiéndolo todo, como si el amanecer fuera una explosión de magnesio. En el mismo instante empieza a hacer calor, un calor pegajoso, y el inválido mira al hombre en cuatro pies, cubierto de heridas, primero fijamente, escrutándolo de manera un tanto socarrona. Después le sonríe, con cara de alegre sorpresa. El hombre se queda mudo, mientras tanto el niño, a su espalda, es el primero en incorporarse y se agarra el hombro donde la sangre mancha la camisa desgarrada. Detrás de ellos, tres guardaespaldas fornidos que han salido de la nada, las guayaberas demasiado cortas, los apuntan con sus escopetas recortadas.

El hombre se incorpora también, temeroso, y se acerca al hijo como si quisiera darle protección, o recibirla de él, mientras tanto afuera alborotan los policías pulsando repetidamente el timbre. Los ladridos de la sirena de la radiopatrulla, estacionada frente a la acera, suenan con insistencia. La muchacha de uniforme celeste y delantal blanco, la misma que quería deshacerse del exceso de latas de la fiesta de cumpleaños, el pelo negro húmedo, ha ido a la puerta de servicio y conversa con los policías a través de la cancela. Después se acerca al inválido, se coloca respetuosa frente a él, y antes de que pueda pronunciar una palabra, recibe la orden de notificar a los policías que de ninguna manera pueden penetrar en la residencia sin orden judicial. Y punto. Es lo que dice cuando termina de transmitir sus instrucciones: y punto.

Pero, además, con un gesto imperioso de la mano, ordena a los vigilantes que se retiren, y de mala gana retroceden hasta el fondo del jardín, cerca del garaje donde hay estacionados un todoterreno Mercedes Benz 240 plateado, una Suburban negra que parece una carroza funeraria, y un Lexus 600 gris, y desde allí siguen poniendo ojo, desconfiados, a lo que acontece.

Las voces de los policías se apagan afuera, se oyen los portazos cuando suben a la radiopatrulla, la sirena ladra un par de veces más, y luego se alejan. Entonces el inválido alza el rostro hacia la enfermera, le dice algo en voz baja, y ella desaparece para regresar con un botiquín de primeros auxilios que deposita en el sobre de vidrio de la mesa de fierro.

El inválido los invita con un gesto galante de la mano a acercarse para la curación. El hijo se adelanta de primero. Las heridas de ambos son casi todas superficiales, la enfermera las desinfecta con tintura de mercurio cromo, y en algunas aplica apósitos de gasa que asegura con vendajes elásticos. Mientras tanto la empleada de celeste ha recibido instrucciones del inválido de ir a la cocina y ordenar a la cocinera que prepare un buen desayuno para los huéspedes. Ha dicho eso mismo: un buen desayuno. Y ha dicho huéspedes.

Ahora las alternativas A y B se juntan, y la historia ha de correr por un mismo cauce. El hombre que recoge latas vacías con su hijo, o que roba manjoles, perseguido una madrugada de tantas por la policía, sabe, o supo, huir de emboscadas, reptar entre matorrales bajo fuego enemigo, traspasar alambradas, atravesar corrientes con el fusil en alto. Para los fines de este relato, son la misma persona.

El inválido es también en ambos casos la misma persona. Ahora está enfermo de diabetes mellitus, le han amputado una pierna, tiene mal color, y sus carnes se han aflojado, pero en su juventud, igual que el hombre que ahora termina de ser curado de sus heridas, supo huir de emboscadas, reptar entre matorrales bajo fuego enemigo, traspasar alambradas, y atravesar corrientes con el fusil en alto.

Lleva ya tres años en la silla de ruedas y la amputación se debió a una gangrena. Sus célebres fiestas de cumpleaños, sin embargo, con doscientos o más invitados, grandes juergas que duran hasta el amanecer, se siguen celebrando en su residencia, aunque lo que él tome ahora sea Coca-Cola dietética mientras la parranda, amenizada con dos orquestas que se turnan, la última vez La Sonora Dinamita traída desde Monterrey, y los Tigres del Norte desde Los Ángeles, discurre alrededor de su silla de ruedas, asentada en el pabellón, hasta donde los invitados se acercan a rodearlo en turnos bulliciosos.

Esa última, la más rumbosa de todas, tuvo lugar algunas semanas atrás y fue para celebrar sus cincuenta años, con lo que se comprueba que, no siendo tan viejo como parece, es la enfermedad la que lo arruina. Hasta el comandante, de cuya plena confianza goza, y que nunca va a fiestas, se hizo presente por una escasa media hora.

El inválido, abogado de profesión, no tiene ningún cargo público, ni es miembro del partido, pero detrás de los bastidores controla el aparato judicial de todo el país, y la voluntad de los magistrados y jueces que dictan las sentencias, se trate de juicios penales, civiles o laborales, y sin su visto bueno no se inscriben propiedades en el Registro Público. Es un poder que le ha sido delegado, y lo ejerce con discreción, y con holgura. Nunca equivoca las instrucciones recibidas, ni admite vacilaciones en el cumplimiento de las que él transmite; se sabe la biela maestra de una máquina que tritura enemigos y favorece a los leales, y rinde, además, tanto a sus mandantes como a él, en las proporciones adecuadas, beneficios pingües, palabra ésta preferida suya porque suena un tanto cínica, por poco usual.

Divorciado desde joven, le nacieron de aquel matrimonio dos hijos, un varón y una mujer. El varón murió en un accidente de tránsito viniendo de un balneario un sábado de gloria, y la mujer de lupus eritematoso en un hospital de Houston, ambos solteros, por lo que ya no tendrá descendencia. Por instrucciones suyas, que nadie discute por absurdas que parezcan, las habitaciones de ambos siempre están listas, las camas vestidas cada semana, los baños con las toallas que huelen a detergente colgadas en los toalleros, los jabones enteros en las jaboneras, su ropa colgada en los percheros de los clósets, los aparatos de aire acondicionado sin apagar nunca su rumor.

La muchacha de uniforme celeste y delantal termina de tender el mantel sobre el cristal de la mesa de fierro ya librada de los frascos de tintura, las vendas elásticas, las tijeras y los apósitos, que han vuelto al maletín de primeros auxilios, y luego coloca la vajilla y los cubiertos. El inválido da voces para que urjan a la cocinera a terminar de preparar el desayuno, como un actor ansioso de entrar en escena que espera la subida del telón, y no quiere que ningún ir y venir de azafates, picheles y cafeteras interrumpa lo que tiene que contar, los oídos de la muchacha de celeste, de la enfermera almidonada, de los guardaespaldas de guayaberas apretadas, libres de distracciones y puestos en sus palabras.

Y lo que tiene que contar tiene que ver con aquel hombre de ropa manchada de sangre y desguazada por el filo de las púas de la serpentina. Lo reconoció de inmediato a pesar de que aún no amanecía. Han pasado muchos años, pero su cara no se le ha perdido. Y enfermo, condenado a la silla de ruedas, solo como ha quedado en el mundo, aunque tiene fama de cínico, y el cinismo pasa por ser un atributo de los desalmados, se precia de ser de corazón generoso. Soy de corazón generoso, le está susurrando como preámbulo a la enfermera que a una indicación suya se ha acercado desde atrás a su oído, sobre todo, le dice, si de por medio están los recuerdos del pasado, allí donde lo ve, ese hombre que anda de delincuente con su hijo, robándose las tapas de los manjoles de la calle, es como mi hermano. Fue como mi hermano, se corrige.

Cuando han traído por fin el desayuno, y el inválido comienza a contar con entusiasmo y picardía la historia que ya desesperaba en su boca, supone que el hombre está recordando lo mismo, y por eso busca a cada paso su complicidad, y lo insta a ratificar lo que va diciendo.

Pero el hombre nada más se aplica en comer, los ojos muy abiertos cada vez que traga, como si lo dominara un sentimiento de incredulidad, mientras el niño apuña cada bocado con los dedos y se llena los dos carrillos. Un desayuno como ése, jugo de naranja, frutas cortadas en grandes trozos, huevos entomatados, gallopinto con hilachas de carne revueltas en el arroz y los frijoles, tajadas de queso frito, tortillas de maíz recién salidas del comal, y pan tostado, pan dulce, mantequilla, jalea de guayaba, café con leche, no forma parte de las realidades de su vida cotidiana; para empezar, desayunan de pie cada madrugada, aún oscuro, en el cuarto de tablas mal ajustadas del reparto Schick, que es a la vez cocina y dormitorio, antes de salir con el carretón a su faena por las calles, y todo consiste en un pocillo de café aguado, y un bollo de pan frío repartido entre ambos, que el hombre deja cada noche envuelto en un pedazo de periódico para librarlo de las cucarachas. La mujer del hombre, y madre del niño, se fue a rodar fortuna a Costa Rica y nunca más volvieron a saber de ella.

Ya se sabe que el inválido no puede probar nada de lo que ha mandado a servir a sus huéspedes, y de vez en cuando se interrumpe para mordisquear una tostada medio quemada a la que la enfermera se ha encargado de untar mantequilla falsa de la marca I Can't Believe It's Not Butter!, y mermelada de frambuesa también falsa, endulzada con fructuosa. Y lo que bebe es una pálida infusión de manzanilla.

Pero es hora de escuchar lo que el inválido cuenta. Lo que está contando es acerca de la colina 155, como se conoció a la colina Miraflores en los mapas militares durante la lucha de liberación, librada en 1979 contra la dictadura de Somoza. La colina se halla al borde de la frontera con Costa Rica, en la franja entre el Gran Lago de Nicaragua y el océano Pacífico, muy cerca del poblado marítimo de El Ostional, toda el área un terreno de elevaciones de poca altura, cada una numerada, y cada una peleada a muerte, entre avances y retrocesos, conquistas y desalojos, en lo que se convirtió en una verdadera guerra de posiciones entre las fuerzas guerrilleras del Frente Sur «Benjamín Zeledón» y las tropas de la Guardia Nacional, que nunca se resolvió a favor de ninguna de las partes, hasta que Somoza huyó del país cuando los otros frentes guerrilleros confluían hacia Managua.

Tanto el hombre como el inválido formaron parte de la columna «Iván Montenegro». Se habían juntado en Costa Rica donde recibieron entrenamiento militar intensivo en una finca vecina al volcán Arenal, y luego fueron trasladados a Liberia y alojados en la misma casa de seguridad de donde salieron, ya armados y equipados, para cruzar la frontera, y es más, el hombre que sigue atragantándose a cada bocado era su jefe, este que ven aquí era mi jefe, el jefe de mi destacamento, ¿se imaginan ustedes que yo le obedecía, me cuadraba ante su voz de mando?, tenía que pedirle permiso hasta para ir a orinar a este cabrón que, de paso, tenía mal carácter, los ojos del inválido chispean traviesos, compartieron la trinchera, compartieron el rancho de guineos cocidos y frijoles en bala, y hasta compartieron la misma muchacha de dieciséis años que les llevaba la comida, hija de un pescador de El Ostional, pero eso sí que no lo supiste, hermano, quién sabe qué castigo me hubieras puesto, y como si se excusara de su confesión de promiscuidad vuelve la cabeza para mirar a la enfermera, así es la guerra, le dice, una revoluta del carajo, y se encoje de hombros.

Se había escapado de su casa en Granada, de su familia y de sus apellidos, y había dejado sus estudios de Derecho en la universidad de los jesuitas en Managua, que sólo pudo retomar años más tarde, para sumarse a la guerrilla. El Frente Sur hervía de combatientes y pudieron no haberse visto nunca, pero el destino los puso juntos desde que se encontraron en el campamento del volcán Arenal hasta el final de la guerra, cuando entraron victoriosos a Managua en el mismo camión de transporte de ganado, allí nos perdimos el rastro, hasta ahora, hermano, ¿cuántos años?, pregunta el inválido al hombre, hacé la cuenta, treinta años, como quien dice nada.

El hombre, saciado por fin su estómago, mira al inválido con la misma fijeza de antes. Eructa sin miramientos. Cualquiera sabe del poder de su anfitrión, hay que hacer antesala por días para verlo, pero eso es algo que no tiene modo de llegar a los oídos de quien roba manjoles o busca latas vacías en la basura, y ni siquiera se entera de las noticias porque el último radio de transistores que tuvo quedó inservible hace años.

No sabe nada de la tajada que el inválido lleva en cada arreglo de pleitos judiciales que se resuelven según él mismo inclina la balanza, de las propiedades costaneras que quita de manos de inversionistas desprevenidos, kilómetros de playas, una bahía tras otra, algunas muy cerca de El Ostional, precisamente allí donde se alza la colina 155, todo lo que un día serán hoteles de cinco estrellas, complejos residenciales para retirados extranjeros, marinas para yates de pesca y recreo, campos de golf. Cuando alguien no quiere vender, los registros catastrales son anulados, o aparecen partidas de campesinos armados que se toman la propiedad alegando títulos de reforma agraria de tiempos de la revolución, y no desalojan hasta que el dueño insumiso dobla el brazo, y cede a una sociedad anónima, de las que el inválido tiene docenas en cartera, la mejor porción de las tierras.

Pero tampoco es que el inválido le esté contando nada de eso al hombre. Es algo de lo que no hablaría ni con sus hijos adorados si estuvieran vivos. Lo que le está contando es otra vez lo mismo, la trinchera que se llenaba con el agua de la lluvia, las cortinas de tierra y cascajos que levantaban los obuses disparados desde lejos por las katiuskas que la dictadura argentina había regalado a Somoza, los aviones push and pull cuya aproximación adivinaban por el insistente ronroneo de sus motores, o por el deslumbre del sol en sus alas antes de que soltaran su carga de cohetes que dejaban en llamas los pocos árboles del paisaje, los proyectiles que las más de las veces estallaban en el agua, cerca de la playa, disparados desde los barcos de carga de la Mamenic Line, la compañía naviera de Somoza, artillados de manera improvisada con cañones sin retroceso, y, otra vez, la muchacha de dieciséis años que compartían, y que ahora el inválido recuerda se llamaba Susana, ya no era virgen cuando llegó a mis manos, no sé a vos cómo te fue, si la estrenaste o no la estrenaste, le dice al hombre, y adorna esta parte de la historia con una carcajada escuálida que no encuentra eco en la enfermera impasible a su espalda, ni en la empleada de celeste que se ocupa de recoger el servicio del desayuno, ni en el hombre, ni en el niño, pero sí en los guardaespaldas que escuchan desde las vecindades del garaje, y, sumisos, enseñan los dientes al reírse.

La verdad, lo que el hombre quiere es irse, pero le teme a la puerta y a lo que hay detrás, a lo mejor los policías los están esperando afuera. ¿Y qué habrá sido del caballo canoso, derrengado en la carrera, su posesión más valiosa junto con el viejo carretón del que sólo quedaron los restos en el pavimento? Calla, no por malagradecido. El inválido no sólo no lo denunció, sino que apartó a los guardaespaldas armados de escopetas, mandó que los curaran, y luego que les sirvieran de desayunar hasta hartarse. Calla porque esa cara avejentada por la enfermedad no le dice nada, debe ser cierto que estuvo en su destacamento pero él no lo recuerda, la fuerza bajo su mando era de doce a quince hombres, nunca los volvió a ver desde entonces, y sería incapaz de recordar sus caras, como tampoco recuerda ya las caras de los muertos en combate.

Les llevaban la comida a veces desde El Ostional, dependía de las condiciones, si había o no bombardeos, si había o no alguna contraofensiva de la guardia, aunque, hasta donde él recordaba, eso nunca le tocó a Susana, eran colaboradores varones los responsables de esa tarea. Pero a lo mejor, de otra manera no la llamaría por su nombre. A Susana la conoció en la playa, una vez que bajó a bañarse. Para eso se necesitaba un permiso del mando de la columna, grupos de tres o cuatro que salían sigilosos del campamento antes del amanecer, dejaban que la tumbazón les escurriera la suciedad, mientras uno de ellos montaba guardia, para luego ponerse de nuevo los uniformes sudados que habían quedado en la arena, junto con las botas endurecidas de lodo, y los equipos de combate.

Se bañaba vestida con unos bluyines y una blusa de nylon, y cuando se volteó hacia él, su brassier transparentaba bajo la blusa. Era un brassier rojo. Ella le sonrió, mientras se llevaba las manos a la cara para escurrirse el agua. Hablaron unas pocas palabras. Le propuso, como en un juego, una cita para esa noche en un punto entre el pueblo y el campamento, y, para su sorpresa, ella aceptó. Siguieron encontrándose. ¿Dónde se habrá visto con el inválido, si es que se vieron?

A la semana de estar acampados en Managua, Susana vino a buscarlo, preguntando dio con él en los predios de la mansión El Retiro de Somoza donde estaba acuartelada la tropa del Frente Sur, vivieron juntos varios años, a él lo pusieron en la escolta de uno de los comandantes de entonces. Se aburrió. No se acuerda si es que pidió su baja, o desertó. Si alguien desertaba entonces no era tan grave, no había registros, ni archivos, ni nombres propios, sino seudónimos. Su seudónimo era Abel. ¿Cuál sería el seudónimo del inválido?

Después empezó a probar de todo, cobrador de un bus urbano, celador de una bodega de materiales eléctricos de donde se llevó un rollo de cables y fue a dar por primera vez a la Cárcel Modelo en Tipitapa que estaba llena de guardias nacionales, los mismos que él había combatido en el Frente Sur, pasó luego a acarrear canastos en el Mercado Oriental, a vender mercancías en las esquinas de los semáforos, Susana vendía billetes de lotería, luego se metió a carterista, armada de un cuchillo de zapatería se iba a recorrer los pasillos de Metrocentro haciendo que veía las vitrinas, y con el cuchillo cortaba las carteras de las mujeres para meterles mano hasta que un día la agarró la Policía Sandinista, y cuando la soltaron se regresó a El Ostional sin darle parte a él y ya no volvieron a verse, entonces conoció a su segunda mujer que fue la que le dio el hijo, y luego se fue por veredas a Costa Rica dejándoselo tiernito. Si el inválido también se hizo de Susana en la guerra, o si la está confundiendo con otra, porque ella nunca llevó comida al campamento, de eso está seguro, no es asunto que quiera aclarar ahora, lo que pasó pasó, y si hubiera sido así, no se le quita por eso el agradecimiento, tampoco de la cara de Susana se acuerda ya mucho y si se la encontrara ahora en la calle, quién sabe si la reconocería, y peor si acaso ha botado los dientes.

Y estaba pensando de nuevo en su caballo cuando se dio cuenta que el inválido había pedido a la enfermera acercar la silla de ruedas, de manera que pudiera abrazarlo. Lo abrazó. Y ahora estaba diciendo, otra vez en voz alta, para que todos lo oyeran, que le estaría eternamente agradecido al compañero Abel por haberle salvado la vida, ¿siempre te llaman Abel?, este hombre que está aquí me salvó la vida, porque veníamos corriendo en retirada, la guardia nos estaba arrebatando la colina, habíamos abandonado las trincheras, al artillero de la 30-30 lo habían matado y no había cómo detener el avance enemigo, entonces sentí algo así como un mordisco en la rodilla y era que me había alcanzado un charnel, caí de bruces y me quedé solo en descampado mientras ya se veían los cascos de los soldados asomar entre los matorrales, y este hombre se regresó, arrastrándose bajo la balacera llegó hasta donde yo estaba y a como pudo me llevó hacia la hondonada donde el resto del destacamento había hallado refugio. Si no fuera por él, no estaría yo con vida.

Ahora el hombre recordaba algo de eso que el inválido estaba contando. Pero no era una sola vez que había hecho aquello, regresarse bajo el tiroteo a rescatar a algún compañero bajo su mando que se había quedado rezagado en la retirada, herido de bala o alcanzado por los charneles. Una vez el jefe de la columna dijo que iban a condecorarlo por eso, pero no había entonces condecoraciones, y cuando las hubo, ya pasado el día del triunfo, nadie volvió a acordarse de lo que el jefe de la columna había llamado «sus actos de heroísmo más allá del deber», o cuando lo buscaron para condecorarlo ya no estaba, porque había sido dado de baja, o había desertado. ¿Quién era el jefe de la columna? No recordaba su nombre. Alto, fuerte, rubio, barbudo, empecinado, pero no recordaba su nombre, desayunaba, almorzaba y cenaba una lata de sardina en cada tiempo, eso era todo lo que comía, y por eso olía siempre a sardina, el aliento, el sudor.

El inválido lo abraza de nuevo. De verdad se está quedando calvo. Y lo que siente ahora en sus narices es una mezcolanza de orina y agua de colonia. El hombre no lo sabe, pero el inválido sufre de incontinencia urinaria. El pelo que ralea en su cabeza, el tufo a orines, la pierna amputada, despiertan en él una mezcla de piedad y repugnancia. Nunca quisiera verse sentado en una silla de ruedas orinando en una bolsa de plástico colgada abajo del espaldar.

Ha llegado, por fin, la hora de la despedida. Van a ser las ocho de la mañana, y la casa se ha puesto en movimiento. Entran los choferes, aparecen los jardineros, más guardaespaldas, abogados auxiliares, dos secretarias, el inválido tiene sus oficinas en otra ala de la casa. Es una de las secretarias la que ha ido por el dinero, según las instrucciones que le da, cinco billetes de cien córdobas cada uno, tostados de tan nuevos, que le entrega al hombre con la última de sus gratas sonrisas de complicidad. Y vuelve a insistir, con emoción, mirando las caras de todos los presentes: me salvó la vida, allí donde lo ven, este hombre me salvó la vida.

No te perdás, le dice cuando lo despide, cuando necesités de mí, ya sabés que estoy a tus órdenes. No tenés por qué andar robando, un día te puede costar caro, y a este muchacho lo mandamos a la escuela. Podés quedarte conmigo, como jardinero, o en alguna de mis fincas. El hombre nota que no ha dicho mi finca, sino mis fincas. Podés trabajar en los almácigos de café, en las lecherías, lo que querrás. Hasta de tractorista, podés aprender a manejar un tractor.

El hombre recibe los billetes y se los mete rápidamente en el bolsillo, como si se tratara de dinero mal habido. El temor de salir a la calle queda disipado porque uno de los choferes recibe órdenes de llevarlo junto con su hijo al lugar que él indique. Se suben al asiento trasero de la Suburban negra, de vidrios polarizados, que por dentro huele a cuero y a desodorante ambiental. El chofer mira a sus pasajeros con desconfianza a través del espejo retrovisor, y pregunta adónde. Al reparto Schick, nos deja por el tanque rojo, responde el hombre con voz tímida.

En la calle el chofer bordea los restos del carretón, que siguen allí. Nadie los ha levantado. Tampoco han levantado al caballo muerto, rondado por las moscas.

Managua, diciembre 2010

No me vayan a haber dejado solo

Llamo, busco al tanteo en la oscuridad.
No me vayan a haber dejado solo,
y el único recluso sea yo.

CÉSAR VALLEJO, Trilce, III

A Lisandro, a Marcia

La foto fue tomada alrededor del mes de noviembre de 1950. Lo digo porque mi hermana Marcia, en brazos de mi madre, tiene entonces unos ocho meses, y había nacido el 29 de abril de ese año. Es fácil llevar la cuenta de su edad, pues nació en el medio siglo.

Mi madre aparece de luto porque pocos meses atrás, el 18 de septiembre, había muerto mi abuelo Teófilo Mercado en una cama de hospital que llegó desde Managua, manifestada en el ferrocarril junto con dos pesados tanques de oxígeno que acusaban sarro. Tenía ella entonces treinta y ocho años, y mi padre, que está a su lado, ambos de pie, con un peine de carey sobresaliendo del bolsillo de la camisa blanca, en la suya la mano de Marcia, tenía cuarenta y cuatro. Es una pareja en medio del camino de la vida con cinco hijos, todos los que habrían de ser.

Delante de ellos hay un sofá de mimbre en el que estamos sentados los otros cuatro hermanos, de izquierda a derecha Rogelio, Lisandro, Luisa y yo. Por orden de edad la cuenta es: Luisa, diez años cumplidos en abril; Sergio, ocho años cumplidos en agosto; Lisandro, cinco años cumplidos en mayo; Rogelio, dos años cumplidos en julio. Lo más notable de los niños del sofá son los zapatos, gastados, sin lustre, zapatos de correrías, los golletes de los calcetines flojos.

Luisa, que está al centro, morena y delgada, mira con tristeza a la cámara, una tristeza de inocentes pensamientos abismados. Lleva el pelo partido por una raya a la mitad, y se nota húmedo, recién salida del baño. Rogelio, en el extremo izquierdo, la mano sobre el brazo del sofá, arruga los ojos ofendido por el sol. Ese año le cortaron los bucles de la cabellera que le caía sobre los hombros. El barbero, que siempre viste de blanco incluyendo los zapatos, trajo los instrumentos en su valijín de madera para cumplir con el encargo de mi padre; primero usó las tijeras y luego una maquinilla manual, todo al son de una marimba y en presencia de los invitados, niños y adultos, a los que se repartió refrescos y licores, mientras los bucles iban quedando regados a merced del viento en el piso del corredor. Así era mi padre, de todo hacía una fiesta.

Lisandro, sentado entre Luisa y Rogelio, se retuerce incómodo en el sofá, como si no cupiera en el espacio que le ha tocado, tímido frente a la cámara. ¿Quién asignó los lugares? ¿El fotógrafo, mi padre, o es que nos sentamos cada uno a como mejor quiso? Lisandro es el que se fue a México, y nunca volvió. El único que ríe, sentado a la derecha del sofá, muy pegado a mi hermana Luisa, soy yo, y al contrario de los demás, que lucen apretados, parezco a mis anchas. Luisa y Rogelio son los que han muerto. Luisa a los cuarenta y nueve, Rogelio a los cuarenta y tres.

Ya tenemos algunas pistas que podemos resumir. El pelo húmedo de mi hermana demuestra que es de mañana, pues los baños en esa casa son matutinos, y el hecho de que no estemos en la escuela los que por edad deberíamos estar demuestra que es domingo. La mañana de un domingo claro y soleado, como son los días de noviembre, con algo de viento. Y lo que ya dije, el luto de mi madre y la edad de Marcia. Nos aproximamos a la certeza de que se trata de un domingo del mes de noviembre de 1950.

La fotografía ha sido tomada en la puerta de la sala, hasta donde fue llevado el sofá. Por ese costado, que da al parque central, la casa tiene tres puertas, esa de la sala, y las dos de la tienda que funciona en la pieza esquinera. El piso de la sala es ajedrezado, de ladrillos blancos y rojos fabricados en la ladrillería Favilli de Granada, aunque claro, la foto está tomada en blanco y negro. Al centro de la sala, los ladrillos aumentan su gama de colores y forman arabescos para simular una alfombra, oculta en la fotografía por el sofá.

Detrás de mis padres hay una zona de oscuridad que va creciendo hacia la derecha, hasta hacerse espesa, mientras a la izquierda, del lado donde se halla de pie mi madre, con Marcia en sus brazos, es posible ver la pared donde hay dos retratos colgados; el único que se alcanza a distinguir un tanto es el de mi propio padre, tomado dos años atrás en un estudio de la Avenida Central en San José, Costa Rica. El otro debe ser de mi madre, pero en la foto es sólo un rectángulo difuso.

El fotógrafo se ha colocado en la calle, muy cerca del pretil de la acera. La cámara Rolleiflex tiene el visor encima, de modo que para enfocar el objetivo hay que situarla a la altura del talle. Ha dejado su bicicleta recostada al pretil frente a la puerta, y con sólo que bajara un poco la cámara aparecerían en el visor los manubrios. Es una bicicleta de trabajo negra, sin arreos ni cromos, con el espejo retrovisor atornillado a uno de los manubrios. Desde mi lugar en el sofá es posible verla asomar por encima de la acera, y también puedo ver al otro lado de la calle los pinos, los malinches y las palmeras reales del parque, el quiosco de delgadas columnas de madera y cúpula roja de latón, rodeado por una baranda de fierro, y, al lado, la caseta donde se venden cervezas y refrescos, y hay instalada una roconola Wurlitzer de luces tornasoles que giran y se desvanecen para volver a reaparecer.

La temporada de lluvias acaba de terminar y el cauce de las corrientes ha dejado zanjones en la calle donde crecen brotes de hierba. Los vehículos son pocos, y el fotógrafo, que ahora retrocede unos pasos sin quitar la mirada del visor, no tiene por qué temer que alguien lo atropelle. El autobús *Su Majestad,* que sale hacia Managua a la una de la tarde, y pita desde lejos para alertar a los viajeros que recoge de puerta en puerta, está lejos aún de aparecer. Una camioneta Ford con enchapados de madera, *La Mariposa,* que también hace viajes a Managua, sale a las seis de la mañana y regresa a las seis de la tarde. El doctor Benicio Gutiérrez tiene una Packard de lomo jorobado en el que realiza sus visitas a domicilio, pero como hoy es domingo ha ido con su familia a pasar el día en el balneario de Venecia, en la laguna de Masaya, hasta donde el Packard baja bordeando el farallón del cráter volcánico junto al abismo. A veces cruza por la calle una motocicleta con un sidecar navegando en el polvo.

Muevo los pies, los cruzo. El fotógrafo me pide que me esté quieto. Los dejo cruzados, y es como quedarán en la foto. Giro la cabeza hacia atrás, después que el fotógrafo me ha llamado la atención, y advierto el peine de carey en el bolsillo de mi padre, y su mano derecha extendida que sostiene la pequeña mano de Marcia. Mi padre usa el reloj en la muñeca de ese mismo lado, un reloj de carátula ambarina y pulsera metálica que se asoma bajo el puño de la camisa blanca, pero que no se ve en la foto por mucho que la amplíe en la pantalla.

No soy el único que sonríe. Mi madre también, lo advierto ahora que puedo mirarla más de cerca, antes de volverme de nuevo hacia la cámara. La suya es una sonrisa segura, aunque discreta, como es ella en todos sus actos. A mis ocho años nunca la he visto flaquear, salvo cuando mi tío Ángel, el menor de sus hermanos, vino a avisarle esa mañana del 18 de septiembre que mi abuelo estaba agonizando, y entonces ella, a cargo de la tienda, porque mi padre se hallaba de compras en Managua, empezó a cerrar con precipitación las puertas, haciendo restallar las cadenas de los picaportes, desesperada de no hallarlo aún con vida.

Esa zona de oscuridad que hay detrás de mis padres, y que se acentúa hacia la derecha, en verdad no es tan sólida, y tras ampliarla y mirarla varias veces se va convirtiendo en penumbra, de modo que ahora puedo entrever lo que hay en la sala. Se me revela, por ejemplo, la mesa de centro del juego de muebles de mimbre al que pertenece el sofá, colocada sobre la alfombra de mosaicos. Se le encargó a la familia Ortiz del barrio de Veracruz, los mejores mimbreros del pueblo, y lo trajeron en procesión por en medio de la calle, cada miembro de la familia cargando una pieza en la cabeza, el dueño del taller, la esposa, los hijos y las hijas mayores, hasta los niños.

Alguien pasa por el corredor, como una sombra. Vuelvo otra vez la cabeza por encima del respaldo del sofá, ya el fotógrafo irritado, y es la Mercedes Alborada la que se pierde por allí, con rumbo a la cocina. Si es que anda ocupada en los preparativos del almuerzo, no es tan temprano de la mañana. En esa casa se almuerza a las doce en punto del día, cuando suenan las campanas de la iglesia parroquial llamando al rezo del ángelus. Desde mi puesto en el sofá, tengo a la vista no sólo el parque, los árboles, las palmeras, el quiosco, la caseta de la roconola. Con sólo adelantar la cabeza puedo divisar también, a mi izquierda, las gradas que llevan al atrio de la iglesia, la cruz del perdón al lado de la puerta mayor, la fachada pintada de amarillo yema de huevo, la torre solitaria al centro, el campanario donde hacen sus nidos las golondrinas, y reposa el cajón de la matraca que suena nada más del Jueves al Viernes Santo, cuando quedan en silencio las campanas.

Una vez tomada la foto, todo lo que está congelado cobrará movimiento, y nada impedirá a los cuatro hermanos ponerse de pie y desbandarse, y a mis padres volver a sus quehaceres. Mi madre a ocuparse de Marcia, o de regreso a los figurines que traen patrones de vestidos, que ella desdobla para estudiarlos, sentada en el piso, y mi padre de vuelta a la tienda, que mientras ha durado la sesión de fotografía queda sola, sin temor de ningún robo. Si alguien quiere comprar cigarrillos, simplemente los saca del paquete abierto en el estante, abre la gaveta del dinero, deposita el valor de la compra, y aun recoge el vuelto si es necesario.

Más allá de esa zona de oscuridad, que a primera vista parece tan sólida en la foto, está el comedor, y más allá la cocina, con su estufa de hierro colado que avienta el humo por el tubo de una chimenea sobresaliente entre las tejas del techo; en medio el jardín enclaustrado, del otro lado los aposentos, y uniendo ambas alas, el corredor trasero a la tienda. Es una casa que mi padre ha venido construyendo por partes, primero el salón esquinero donde estableció su tienda, junto con el corredor y un primer dormitorio. Luego el comedor. Luego los otros dos dormitorios. Y por fin, vecina a la tienda, donde antes hubo un chiquero para cerdos de crianza doméstica, la sala de paredes pintadas de color hueso que aún huelen a argamasa. Es lo que mi hermana Luisa explica muy orgullosa a las visitas que son recibidas en los muebles de mimbre: «aquí había un chiquero», para azoro de mi madre.

Ocurre siempre con las pistas, que es necesario poner cuidado en revisar la congruencia de los datos que uno tiene a mano, a ver si de verdad al fin encajan; alguien podría alegar, sin embargo, que si se trata de la fotografía de un viejo álbum donde todos se están quietos para siempre y ya no volverán a mover siquiera un dedo, semejante cuidado viene a resultar inútil; pero es una apreciación errónea.

Para empezar, que la Mercedes Alborada ande en los afanes del almuerzo me confirma que se acerca el mediodía. Desde el sofá puedo oír cómo los platos, los vasos y los cubiertos van siendo colocados sobre la mesa de extensión que tiene dos alas plegables, más pequeña cuando come la familia, un poco más amplia cuando en contadas ocasiones hay invitados. De modo que debo corregirme. Se trata de un domingo de noviembre del año 1950, pasadas las once de la mañana. Si Luisa tiene el pelo todavía húmedo es porque al no haber escuela ese día, el baño ha tocado tarde, como se hacen todas las cosas en domingo, a deshoras.

La foto por fin ha sido tomada. El que tantas dificultades estaba causando al moverse es el último en levantarse de su sitio en el sofá cuando la sala se vacía. Se marcha el fotógrafo, con la cámara Rolleiflex colgada del cuello en su estuche de cuero marrón. No se monta en su bicicleta, sino que va llevándola por los manubrios, y así se aleja hacia el rumbo de la Casa Municipal, al otro lado del parque. Ha prometido la foto para dentro de una semana porque tiene que dar a revelar el rollo en Managua, el que, además, no está aún completo. El fotógrafo, un gordo que usa la camisa por fuera y camina con un lento balanceo, también es sastre y vendedor de lotería, y en las procesiones toca los platillos, rezagado siempre entre el grupo de músicos que marcha detrás de la peaña del santo.

Cuando por fin el niño inquieto deja el sofá, la oscuridad del lado derecho se despeja. No queda siquiera la penumbra, que a cada ampliación de la foto se vuelve más borrosa, sino que todo se dora con el sol del cercano mediodía. Lo primero que la Mercedes Alborada hace por las mañanas, después de recoger la mesa del desayuno, es pasar el lampazo embebido en querosín sobre los ladrillos del piso, y por eso brilla, y la alfombra falsa al centro parece iluminada. Siempre está advirtiendo a gritos desde la cocina que no hay que pisar los ladrillos con los zapatos sucios, y si alguien deja una huella de lodo o de polvo, viene a borrarla de inmediato con el lampazo, conteniendo los insultos.

El juego de muebles de mimbre tiene de todo. Además del sofá, y las mecedoras, que son cuatro, y la mesa del centro, hay un cajón para las revistas y periódicos en forma de cisne, una lámpara de pie con su sombra, y una mesa jardinera de patas altas. Encima del mantel de croché que cubre la mesa del centro, una cigarrera cilíndrica de madera dispensa cigarrillos a una vuelta de la tapa, pero nunca tiene cigarrillos que dispensar, así como el cajón en forma de cisne tampoco tiene nunca periódicos ni revistas. Encima de la mesa jardinera, un jarrón azul de vidrio esmerilado luce un ramo de milflores cortado del jardín. En la soledad de la sala las mecedoras tienen sólo una apariencia de quietud, porque el más leve soplo de viento que llega desde la calle las mueve, como si alguien acabara de abandonarlas.

Desde la tienda se escucha una voz ordenando a la Mercedes Alborada que vaya a la sala y devuelva a su lugar el sofá. No hay nada de altanería en esa voz de mi padre. Es sólo la orden apurada de quien está en otros asuntos que no puede abandonar; debe estar limpiando los vidrios de las vitrinas, o acomodando potes de conservas en los estantes. Es más imperativa la Mercedes Alborada cuando responde: estoy ocupada con el almuerzo, pero ya se sabe que de todos modos termina por obedecer. Espero verla venir, secándose las manos en el delantal, pero no aparece, y como al fin y al cabo es un mueble ligero que puede ser fácilmente arrastrado por un niño de ocho años, nada me cuesta hacerlo yo mismo. Luego no se vuelve a oír nada más. Ni la voz que dio la orden, ni la de ella en la cocina, ni la de mi madre en el corredor, ni ninguna otra que venga de la tienda porque, de todos modos, no es hora en que suelan aparecer compradores, cada quien en su casa en busca de almorzar.

El sofá queda en su lugar, del lado de la pared donde están los dos retratos. El de mi padre es, en efecto, el que se tomó en el estudio Ricardi de la Avenida Central de San José cuando hizo su primer viaje en avión, en 1948. Sólo volvería a volar, esta vez en compañía de mi madre, para asistir a la boda de Lisandro en México, en 1974. El otro, que en la fotografía no era sino un rectángulo difuso, corresponde a mi madre, como bien lo pensaba. Posa de medio perfil, y lleva en el cuello una estola de piel, el pelo corto rizado. Se lo hizo en el estudio Lumington de Managua, como lo revela la marca de agua al pie, año de 1934. Recién se había graduado en el Colegio Bautista, en Managua, donde estuvo interna cinco años, un colegio mixto, y protestante, con profesores venidos de Alabama.

Un niño solo en una sala desierta una mañana de domingo estira el tiempo como quiere. En la pared del otro lado, que es la pared divisoria con la tienda, hay un cuadro de marco alargado con la pintura de un quetzal sobre un lienzo de seda, pero las plumas de la cola del quetzal son verdaderas. No se pueden tocar las plumas, porque el vidrio lo impide. Y también hay una fotografía del Capitolio de La Habana. *Havana Capitol,* como está escrito al pie, en minúscula letra de carta.

La pared que da al corredor está cortada a un metro de altura y lo que se abre encima del pequeño muro es una suerte de gran ventana rematada en arco entre dos columnas. En la columna de la derecha, al lado de la puerta sin batiente, un pequeño lagarto del Gran Lago de Nicaragua, relleno de estopa de algodón, los ojos dos canicas de vidrio, parece reptar hacia el cielo raso asiéndose con las uñas, pero los dos clavos con los que ha sido fijado detienen su impulso.

En el corredor, las dos ventanas que dan al jardín se hallan encendidas por el deslumbre del sol, una brasa blanca en cada hueco. Una de las delgadas silletas de madera maqueadas en café oscuro, que son parte del ajuar de matrimonio, está arrimada al toril de Marcia; hay otra frente a la máquina de coser Singer, y otra contra la vitrina de libros bajo llave, como si alguien hubiera subido a ella para bajar alguno de los figurines apilados encima de la vitrina. En efecto, en el piso yacen un figurín abierto, un patrón desplegado, tizas de costurera, y una cinta de medir que parece reptar indolente.

En medio de las dos ventanas cuelga el calendario de la sal de uvas Picot, con la efigie risueña de Juanita Picot, de trenzas y rebozo. Mi padre va marcando los días consumados con una equis, y arranca la hoja de cada mes vencido. Hoy es, ciertamente, domingo, con sólo empinarme un tanto puedo comprobarlo. El domingo 26 de noviembre de 1950. Hay luna llena desde el viernes.

La puerta de la izquierda, al final del corredor, da al aposento de mis padres. Nunca tiene llave, es asunto de empujarla con suavidad, igual que la otra que da acceso al mismo aposento por el lado del jardín. Hay un cierto olor a humedad y a medicinas, pero también a talco perfumado Heno de Pravia. La cama matrimonial de respaldo taraceado tiene encima el cobertor de flores doradas, entrelazadas sobre fondo negro, que parece la capa pluvial de un cura, y están las dos mesas de noche, y el chifonier con su espejo en óvalo, comprado de medio uso a una viuda enlutada en necesidad. Debajo de la cama, la bacinilla enlozada de orla azul. En la gaveta de la mesa de noche del lado que duerme mi padre, hay un tubo estrujado de pomada para las almorranas, y un condón Trojan que tiene en el sobre la efigie de un soldado de casco empenachado. Sobre la cabecera de la cama, una litografía de las ruinas de Pompeya, con el vidrio quebrado en una esquina.

El chifonier tiene la llave puesta, una llave diminuta amarrada a un cintillo verde. Quien anda husmeando por allí con sus zapatos gastados, sin lustre, zapatos de correrías, abre la puerta que apenas se queja, y entre las sábanas dobladas encuentra ocultos los regalos de Navidad, que a estas alturas ya han sido comprados. Sabe que el suyo es una pistola niquelada con cacha de falso concha nácar, porque es lo que ha pedido en su carta al Niño Dios; la saca del tahalí adornado de flecos, y se sienta en el piso a jugar con ella con toda impunidad. La amartilla, pero sin usar el rollo de fulminantes porque no quiere denunciarse.

El cuarto siguiente es el de Luisa. La cama, arreglada por ella misma, se halla custodiada desde la pared por un cuadro de San Luis Gonzaga, que revestido con el alba sacerdotal acerca un crucifijo a la mejilla. No le gusta que entre a su cuarto y ya me hubiera echado hace rato, pero ni se la ve ni se la oye. En el último duermen los tres hermanos varones en catres de campaña. Aquí reina el desorden. Las sábanas revueltas, una almohada en el piso donde hay también penecas, ropa sucia. Al parecer mi madre no se ha asomado hoy domingo a este confín de la casa, ni tampoco la Mercedes Alborada.

Todos los cuartos tienen puertas al jardín, menos este de los varones, que se abre hacia el traspatio donde se tiende la ropa, se cría el chompipe de la Nochebuena, se halla el baño con su pileta, y muy al fondo, la caseta de los excusados. El traspatio se cierra, en el límite del solar, con un cobertizo donde se almacenan en un tabanco los fardos de tabaco que cosechan en sociedad mi padre y mi tío Alberto, causa de grandes altercados entre ambos a la hora de pagar la planilla semanal porque mi padre es el socio capitalista, y mi tío Alberto, que es el socio industrial, lo acusa cada vez de tacaño, mientras mi padre lo acusa a él, a su vez, de botarate porque da a los peones huevos fritos en el desayuno.

Esta exploración parece que ya durara horas, ya deben haberme llamado a almorzar, ya deben de andar buscándome. El jardín está dividido en cuatro macizos separados por arriates de cemento que llevan al cantero redondo del centro donde crece una araucaria, y para llegar al comedor hay que atravesarlo. En los macizos hay rosas, pero sobre todo begonias y milflores. Los nombres que mi madre da a sus rosas no sé si son inventados por ella: belleza sin espinas, espuma de mar, reina de la noche. Una parra que da uvas pequeñas y ácidas sube hacia una ramada. Una ráfaga de viento pasa como una exhalación y estremece la parra.

En el comedor ya está todo servido. De la sopera al centro de la mesa se elevan hacia el cielo raso las virutas de vapor que huelen a culantro y hierbabuena. Mi padre, que a la hora del almuerzo cierra la tienda para que nadie venga a perturbarlo con que quieren una yarda de manta, ocupa siempre la cabecera. Mi madre se sienta a su izquierda, y yo a su derecha. A mi lado Lisandro, y al lado de mi madre Rogelio, a quien tiene que ayudar trinchando en pequeños trozos la carne. En la otra cabecera se sienta Luisa, siempre adusta y callada. Marcia aún no tiene sitio en esa mesa.

El caso es que nadie viene a comer. ¿Se fue mi madre con todos mis hermanos a visitar a mi abuela Luisa, viuda y sola ahora en su gran casa de dos traspatios? La sombrilla abierta sobre su cabeza para proteger a Marcia, la bolsa de los biberones y los pañales colgada de su hombro, Luisa tras sus pasos llevando de la mano a Lisandro y a Rogelio. Pero ¿por qué tardan tanto en volver? La sopa se va a enfriar. ¿Y mi padre? Lo oí hace rato cerrar las puertas de la tienda, las cadenas de los picaportes repicando contra los forros de zinc.

Se habrá rezagado haciendo cuentas. Es mejor ir a buscarlo. La claridad que se filtra por los tragaluces de madera calada de las puertas deja ver los altos estantes que rodean las paredes, y las vitrinas donde hay productos de tocador y una variedad de calzado de mujer. En los estantes de un lado, el pasadizo que da al corredor de por medio, están las piezas de tela, tanto para damas como para caballeros, y en los del otro, las latas de conserva y los vinos dulces, y un tanto más allá los cartones de cigarrillos Esfinge y Valencia, y las baterías Ray-O-Vac para las lámparas de cabeza que compran los cazadores que van en busca de venados a las faldas del volcán Santiago, los últimos clientes antes de que se cierre la tienda cada noche, ya la gente de vuelta de la función de cine. Sobre el mostrador, bajo un lienzo, el quintal de queso que va siendo partido a medida que se vende en trozos de una libra, media libra, cuatro onzas, y la balanza de reloj.

La claridad difusa de los tragaluces alumbra también la litografía de Winston Churchill, arriba del pasadizo que divide los estantes, y la misma claridad enfoca la figura recortada en cartón, asentada en el piso con un sostén de madera, de la pareja elegante que anuncia la loción Glostora para el cabello, el hombre de esmoquin tropical, peinado hacia atrás, susurrando algo al oído de la mujer glamorosa de traje largo y cabello rubio ondulado.

En la tienda cerrada no hay nadie, como tampoco hay nadie en la sala, ni en la cocina, ni en los aposentos que recorro de nuevo, ni en el traspatio, ni en el jardín. No queda más que regresar al comedor desierto donde el almuerzo continúa servido. Si mi abuela viuda sigue tan triste está bien que mi madre la visite, y que se haya llevado consigo a todos mis hermanos, pero mi padre, ¿para qué cerró las puertas de la tienda si no viene a almorzar, y adónde se fue? ¿Y la Mercedes Alborada? ¿Y Luisa? ¿Y Rogelio?

Managua, diciembre 2010/Bellagio, 2011

Ángela, el petimetre y el diablo

Hay cosas que ocurren una sola vez en la vida. Ángela pasaba ya los cuarenta y tenía un novio de edad parecida que la visitaba cada noche bajo la estricta vigilancia de su padre, la única soltera que quedaba rezagada en la casa y dormía con ellos en el mismo aposento. Era una casa de adobe y tejas de barro, con una única puerta de doble batiente a la que se subía desde la calle por una escalera de tres peldaños de piedra; un tabique de madera que separaba la sala del dormitorio principal donde la madre había dado a luz a sus trece hijos en la misma cama de dosel, tres de ellos muertos prematuramente; otra puerta que llevaba de la sala al estrecho corredor donde el padre, que era músico, tenía su pupitre en el que componía en el papel pautado por él mismo sus valses y misas cantadas, y copiaba las partituras; y de allí otra hacia la cocina donde el horno en forma de panal aventaba por la boca las llamaradas de un fuego que parecía del averno según se le ilustra en la Historia Sagrada, la misma por donde entraban las sartenes de rosquillas de maíz montadas sobre palas de madera de largos mangos hasta que las piezas volvían a salir, ya doradas y crujientes. De esa industria de la madre se ayudaban los tres de la casa a pasar, porque ya se sabe que es una ley de la vida que los músicos de misas cantadas y serenatas callejeras nacen pobres y mueren pobres.

Uno de los hijos ya casados, que ahora era tendero, solía recordar a menudo, con un resentimiento que se le había hecho costra, la vez que habiendo desaparecido unas monedas la madre lo acusó de habérselas robado, y para someterlo a confesión le acercó las manos a la boca del horno, pero él, ofendido por la sospecha, en vez de pugnar por retirarlas, las soltó de un impulso y las metió al fuego del averno, sin que la madre pudiera hacer otra cosa que dar un grito desesperado que se oyó hasta la calle. Aquellas quemaduras, que vetearon para siempre sus manos de sombras pálidas, se volvieron motivo de cruel arrepentimiento para ella, y de orgullo vindicativo para el niño.

El que dije al principio era un noviazgo que no parecía ir a ninguna parte, a no ser hacia la vejez sin remedio de los enamorados que cuchicheaban en las mecedoras colocadas muy juntas frente a la puerta de la calle. Al dar las nueve el señor músico, señal de que el tiempo de la visita había expirado, comenzaba a trancar con furia manifiesta, una y otra vez, la puerta del corredor que llevaba al patio donde había un naranjo cuyos azahares la esposa se ponía en el pelo negro azabache, y las hojas de ese mismo naranjo servían para el cocimiento con que calmaba la ansiedad, porque no hay peor sal en la herida de la vida que la pobreza, según un viejo adagio que ahora mismo estoy inventando.

La regla de que los ojos de la infancia tienden siempre a exagerar el tamaño de las cosas, como si se tratara de un engañoso lente de aumento, falla en este caso. La casa de esta historia sigue siendo en el recuerdo tan pequeña como en realidad lo fue. Ángela dormía en el mismo aposento de sus padres, pues no había más habitaciones, y sigue siendo un misterio de quebrarse la cabeza dónde se habían alojado de solteros los hijos restantes, todos ya casados igual que el tendero, salvo que fuera asunto de abrir tijeras plegables de lona por doquier, como en un campamento de reclutas, o de damnificados, sala de visitas, corredor, apartado cada noche a un rincón el pupitre del músico, tijeras de lona aun en la cocina con su horno siempre caliente, y asunto de cerrarlas cada mañana con las cobijas y almohadas dentro del pliegue para arrimarlas a las paredes, y lo mismo, meter y sacar las bacinillas enlozadas donde las hijas mujeres orinaban sentadas en plena oscuridad con un delicado arpegio de violín primero en contrapunto con el flautín, mientras los varones debían salir al patio para aliviarse al pie del naranjo.

El que haya siempre entre las mujeres de una casa la que hace de su soltería ofrenda obligada de devoción filial para que los padres no envejezcan solos no haría sino abrir una disputa sin solución si alguien viniera a mencionarlo delante de los dos señores, que rechazarían disgustados semejante entremetimiento. Pero el caso es que malquerían al novio ya entrado en años. Él lo llamaba petimetre —palabra sacada de las historietas en ocho cuadros que traía el *Almanaque Bristol*—; y aunque no se ocupara ya de su compostura ni de seguir las modas, que son los atributos que el diccionario da al petimetre, en otro tiempo había sido, en verdad, galán bien puesto y caballero galante de fiestas y convites, cuando su holgada herencia le permitía gastar en sombreros, bastones, lociones y pomadas, en novelas y otros libros de su gusto, y en licores, que habían venido a ser la causa de su ruina.

Hoy no era sino un infatuado que como un reguero de azufre arrastraba por los garitos, los estancos y los burdeles su incontestable fama de beodo —palabra que la esposa del músico prefería a la de borracho— que se denunciaba en su cara abotagada y en las venas violáceas que surcaban su nariz, y a pesar de ser un vicioso sin oficio ni beneficio —entraba aquí de nuevo, muy decidida, la esposa del músico, segunda voz en el dueto— aquel presuntuoso que al firmar juntaba con una y griega su apellido paterno con el materno no iba a casarse con la hija solterona de un músico que poseía un solo saco de dril colgado de un clavo en la pared, y dos o tres corbatas listadas, arreos necesarios para las funciones de gala en la iglesia parroquial, bailes de sociedad, procesiones y funerales, ocasiones cuando tocaba la orquesta que formaba con sus hijos varones, él empuñando la batuta.

Las aguas estancadas que no parecen ir hacia ninguna parte mientras el tiempo va tejiendo de menos a más enjambres de arrugas en la piel de dos novios bajo vigilancia que cuchichean, y él le dice al oído cosas que mejor conviene aquí no repetir pues más de alguno puede tomarlas por indecentes, encuentran siempre un aliviadero, y es el diablo en persona quien abre ese cauce con sus uñas mugrosas y afiladas. El diablo, según el *Catecismo de la doctrina cristiana* compuesto por el padre Jerónimo

Ripalda, es un ser perverso pero de inteligencia superior, que se relame de gusto a la hora de tramar enredos que si uno no se halla presto a prevenir, va de cabeza al abismo de la perdición desde cuyas entrañas brota una pestilente humareda de azufre.

Era gracias a esos ardides diabólicos tan bien urdidos que a Ángela nunca se lo ocurrió, visita tras visita del petimetre de lengua disoluta pronta a calentarle el oído al rojo vivo, alzar la cabeza hacia la pared encalada donde, desde los tiempos de su propia infancia y la de sus hermanas, se hallaba colgado aquel cromo de colores un tanto ya desvaídos, que mostraba al Ángel de la Guarda con su túnica rosada, el cordón que terminaba en borlas atado a la cintura, las sandalias doradas, y su par de alas de plumas suaves y lustrosas, como de cisne, o de garza, vigilante de que una niña vestida de organdíes, rubia e imprudente, no cayera al precipicio al que peligrosamente se acercaba en procura de un pájaro huidizo.

El petimetre, ya puede deducirse, no se cuidaba del todo del cromo, aliado natural como era del diablo, y si dejamos de nuevo la palabra a la esposa del músico, el diablo mismo en persona. Además, vigilancia paterna o no de por medio, Ángela debía saber cuidar por sí misma de su virtud intacta como si fuera su propio Ángel de la Guarda. ¿No pasaba ya de los cuarenta, edad suficiente para que el buen juicio sepa sofrenar los amagos de lujuria? ¿Y no se llamaba para esos fines Ángela? Todo eso puede ser cierto. Pero si el *Catecismo* del padre Ripalda, ya citado, explica que los ángeles carecen de sexo, nada dice de las Ángelas de este mundo.

Sexo, el diablo a las claras lo tiene, tanto así que su fama es de macho cabrío rijoso, en el muslo viril patas de chivo y dos cuernos de sátiro en la frente, y por tanto, el muy tunante —palabra, otra vez, de la esposa del músico— se hallaba ávido de intervenir a la menor oportunidad para precipitar las cosas, siempre el primero en llegar a la visita, pues cuando el novio hacía acto de presencia a eso de las siete, él estaba allí ya instalado junto a las mecedoras aún vacías, o entretenido en husmear por los rincones, si no es que se había quedado a vivir de manera permanente en la casa.

Y así pasó que la esposa del músico tuvo una noche uno de sus ataques de asma, razón por la que el marido se vio convertido en enfermero, imposibilitado de apartarse de su lado más que para asomarse de cuando en cuando a la sala desde la puerta del tabique y hacer una rápida inspección de campo. Había empezado a llover con furia y el novio tenía excusa suficiente para no irse como el dueño de casa le ordenó a la hija llamándola a un aparte, que esa noche se suspendiera la visita.

Si el diablo, a quien el padre Ripalda da a veces el nombre del Contrario, puede hacer que la lengua de una mujer que ya ha pasado la raya de los años juveniles responda al estímulo de otra lengua en tono y en esencia maliciosa como la de un áspid, y profiera en murmullo arrebatado palabras licenciosas en prueba de que la membrana de la virtud, desgastada por la abstinencia, se halla siempre presta a romperse, ¿por qué no iba a ser capaz de desatar una lluvia gruesa y sostenida como la de aquella noche, que provocaba violentas correntadas en las calles por las que nadie en su sano juicio iba a aventurarse? ¿Y por qué no iba, de la misma manera, a empeorar el ataque de asma de la esposa del músico sin que sahumerios ni emplastes de Neumotizina fueran capaces de aliviar la opresión en el pecho, ni de apagar el hervor de sus bronquios, ni de calmar la constancia de los silbidos que escapaban por boca y nariz desde la faringe?

Ya se sabe que el diablo domina también las artes del sopor y del sueño, y en algún momento se habrá entredormido el músico, velando al lado de la cama donde la esposa luchaba con los estertores de su respiración. ¿Y el ángel del cromo en la pared?, cabe preguntarse. Ese Ángel de la Guarda, la verdad sea dicha, nada tiene que ver con viejos músicos adormilados, ni con destemplanzas de adultos, y limita estrictamente su papel a vigilar que la niña de los bucles de oro y las mejillas color de manzana no se vaya de cabeza al abismo por el afán de coger con sus manitas el pajarillo volandero. Todo lo demás parece tenerle sin cuidado, empezando por el abismo del pecado, demasiado ancho y profundo para las potestades de un simple ángel niñero.

Los novios temerarios, pasando de la premura al arrebato, y del ardor de las palabras al ardor de los hechos, dejaron las mecedoras y los cuchicheos, y simulando que a pesar del aguacero el visitante se iba, abrieron la puerta de la calle y ocultos detrás del precario refugio de una de las batientes consumaron, de pie y jadeantes, entre bocanadas de viento y de lluvia, lo que el diablo quería, y de lo que sacó tanto gozo como ellos, mientras el aguaje, que ya parecía descoyuntar el techo y desquebrajar las tejas, arreciaba tanto que nadie, ni dormido ni despierto, podría haber escuchado cualquier suerte de reclamos urgidos, suspiros lastimeros que pasaban a ser ayes de dicha, o gritos salidos de las entrañas mismas, ya fueran reprimidos o abiertos, menos que nadie el Ángel de la Guarda refugiado en su pared.

Ángela tenía su virtud intacta, según es ya de nuestro conocimiento, y como ocurría en las radionovelas con las vírgenes, bastó una única vez para resultar preñada. No hay que imaginar mucho para suponer lo embarazoso que resulta para una soltera sometida a permanente vigilancia encontrar que su período menstrual se ha suspendido, doblemente embarazoso si su edad ya no le permite declararse incauta. Nada, señorita, usted sabe bien lo que está haciendo, diría el Ángel de la Guarda, sin quitar los ojos de la niña a su cuidado.

Aquel tendero que de niño había metido por su propio gusto las manos en la boca del horno, hoy en día juicioso y comedido, buscó al hechor para que lavara la afrenta con un matrimonio civil seguido de un divorcio por mutuo consentimiento, suficiente para que el hijo de su hermana no naciera sin apellido. Dijo primero que sí el petimetre, pero luego retrocedió, porque vivía amancebado con la dueña de un estanco de aguardiente y no iba a renunciar a semejante canonjía dada su calidad de ebrio consuetudinario, o beodo, según la esposa del músico que ahora no para de llorar.

El músico era hombre pacífico, por mucho que en su disgusto trancara con tanta energía, una y otra vez, la puerta que daba al patio de la casa para que el petimetre supiera que debía irse, como pacíficos eran también sus numerosos hijos, y a ninguno se le ocurrió salir a buscar al traidor pistola en mano para lavar la ofensa recibida, una vez fracasadas las tratativas del tendero. El músico no era ni amigo ni dueño de armas de fuego, y para comprar una pistola, siendo el caso, tendría que haber vendido el violín, su instrumento de trabajo, por lo que no podía ser el caso.

Pero dirigió su furia contra Ángela a la que echó de la casa, una furia pasajera pues no tardó en disiparla, ya que tampoco tenía mucha autoridad moral que digamos para volverse juez de deslices de la carne, y su voz interior seguramente le repetiría concienzuda algo así como «tu pasado te condena», pues pasado de esa clase tenía y abundan los ejemplos. De modo que fue recibida de nuevo, aunque rezongara la madre, acorde con el castigo de la expulsión, y en el mismo aposento donde dormían los tres, padre, madre e hija, dio a luz a su niño el 27 de marzo de 1948, un varón al que puso por nombre Hebert, nombre que ignoro de dónde sacaría, de alguna lectura de las novelas por capítulos que traía la revista *Romances,* o había algún Hebert galán de radionovela, de esas mismas donde las heroínas resultan preñadas con una vez y basta.

Mientras tanto, todos los sobrinos de la burlada, que eran legión, recibieron órdenes perentorias de no dirigir la palabra al petimetre y alejarse de él cuando lo encontraran en la calle, prevenciones que probaron ser inútiles porque siempre caminaba ebrio, sin reconocerlos ni preocuparse de ellos, más abotagado y la barriga hidrópica cada vez más crecida, consecuencia de la cirrosis alcohólica que desde los tiempos del noviazgo ya teñía de amarillo bilioso su piel, y que a los pocos años terminó con sus días entre vómitos de sangre.

Nunca dio a Hebert su apellido, siempre Hebert Ramírez, pero al morir se supo que le había dejado en herencia su biblioteca, una vitrina en la que habrán cabido unos cuarenta o cincuenta libros, y que tras el funeral fue llevada a la casa del músico en un carretón de caballos. Algunos de los títulos puedo recordarlos si acudo a la paciencia para que vengan a mi memoria: *Zalacaín el aventurero* de Pío Baroja, *El libro negro* de Giovanni Papini, *La madre* de Máximo Gorki, *Cumbres borrascosas* de Emily Brontë, *La piel* de Curzio Malaparte, *Momentos estelares de la humanidad* de Stefan Zweig, *El judío errante* de Eugenio Sue, además de *Los protocolos de los sabios de Sión*. Por allí iba esa lista.

Hebert, consentido no sólo por su madre sino también por sus abuelos, esclavos de sus caprichos hasta el día en que murieron, se volvió malhablado desde niño y andaba de puerta en puerta de barberías y billares pues lo llamaban para celebrar las obscenidades de su vocabulario, como un muñeco parlante al que bastaba darle cuerda, sin que su abuelo el músico, ya casi ciego de cataratas, pudiera hacer otra cosa que echar mano de la amenaza, inútil e inocente, de lavarle la boca con lejía.

El fin de Ángela llegó en la sala general del hospital de Jinotepe por causa de un paro cardíaco provocado por el asma, el mal de su madre. Le inyectaban sulfato de morfina para aliviar los espasmos bronquiales y entonces entraba en un sueño placentero del que despertaba contando que bogaba en una barca entre cojines y brocados, rumbo a un puerto todo de mármol que se divisaba en la bruma tornasolada.

Hebert quedó solo en la casa. Hasta entonces, igual que sus tíos y tías en otro tiempo, había dormido en una tijera de lona, en el corredor aquel donde el músico tenía el pupitre en el que componía sus valses y misas cantadas, y ahora pasó a ocupar la cama de dosel en el aposento tras el tabique, que primero sus abuelos, y luego Ángela, habían dejado vacía. En la sala, donde seguían las dos mecedoras, había instalado la vitrina de los libros, guardados celosamente bajo llave, y en la primera página de cada uno escribió: *herencia de mi querido padre.*

Entró por primera vez en el manicomio en Managua a los veinticinco años, y también estuvo en el asilo mental de Chapuí, en Costa Rica, para el tiempo en que yo vivía allá, y lo visitaba algunas veces los domingos en el jardín donde las familias se congregaban en las bancas de cemento alrededor de los pacientes vestidos con sus uniformes grises. No pasó de los treinta entre relámpagos de furia y alucinaciones, acorralado por las voces perentorias de la esquizofrenia.

El diablo, apenas el cadáver salió hacia el cementerio, decidió mudarse, porque se sentía a disgusto en la casa desierta. Es lo que hace siempre. A mí me tocó derruirla, heredero único de todo aquello.

Managua, junio 2011/Bellagio, septiembre 2011

El mudo de Truro, Iowa

Toda la vida fui un hombre de pocas palabras, y aprender idiomas siempre me pareció algo ocioso, pues si no abría la boca más que para decir en mi lengua natal lo preciso que me ayudara a resolver mis necesidades cotidianas, menos iba a invertir esfuerzos tediosos en meterme con el inglés, como Charlotte quería.

Nadie me juzgue un ignorante. Saqué mi título de licenciado en Ciencias del Turismo en la Universidad Técnica Continental (UTC) de Managua. Una carrera de dos años, es cierto, pero me enseñaron con toda propiedad diversas materias, desde Principios Generales de Hotelería, donde el examen final consistía en poner una mesa con toda su batería de platos, copas y cubiertos, llevando una venda en los ojos, hasta Primeros Auxilios, donde aprendí la maniobra de Heimlich para desatorar a un comensal de algún trozo de alimento sólido atravesado en la garganta, lo mismo que la respiración boca a boca, que los manuales llaman «el beso de la vida», para asistir a un bañista en peligro de muerte por inmersión en las aguas de una piscina; el plan de estudios incluía, además, Historia Patria (hechos y personajes notables, de interés para el visitante extranjero), Geografía Nacional (bellezas naturales, lugares típicos y rutas panorámicas), e Inglés I y II. Aquí fue donde se presentó la dificultad que hasta el día de hoy debo llamar insuperable. Y desgraciada.

La Universidad Técnica Continental (UTC) no era tan grande, y yo diría, medio clandestina hasta que años después el Consejo Nacional de Universidades (CNE) le concedió la licencia de operación junto con otras nueve casas de estudios superiores. Funcionaba por el rumbo de la colonia Maestro Gabriel en un edificio que antes había sido el motel La Cueva de Venus, lo que explica que las aulas fueran muy pequeñas, habitaciones del tamaño suficiente para que alcanzara una cama de agua, y cada una dotada de baño privado: ducha, inodoro y bidet; algunas fueron ampliadas botando paredes, y de tres de ellas juntas vino a salir el Aula Magna. Al rector y propietario lo apodábamos Mano en la Conciencia, porque a la hora de cobrar las mensualidades a los estudiantes, si acaso alguien no tenía el dinero completo en dólares, decía: «me pongo la mano en la conciencia, deme la mitad, y la otra mitad en quince días». El negocio, en todo caso, era redondo para Mano en la Conciencia. Se le veía en cómo se adornaba y se vestía, una pesada esclava de oro en la muñeca, una soguilla también de oro al cuello.

«No descuidar el inglés, queridos jovencitos y jovencitas, sin ese tiquete no se pueden subir al tren del futuro», nos decía, una vez el pago de la mensualidad, o el abono, depositados en la caja fuerte de su oficina; y mientras extendía el correspondiente recibo, decía también: «hasta dónde hubiera llegado yo de haber tenido la oportunidad de dominar el inglés... Nicaragua, jovencitos y jovencitas, me hubiera quedado pequeña».

No podía negarse que fuera un hombre esforzado, y aunque su título académico de doctor en Ciencias Jurídicas y Sociales era falso, a nadie le importaba. Antes reparaba computadoras. Y la Universidad Técnica Continental (UTC) operaba primero en el zaguán de su casa, como una escuela de computación, con computadoras de antes del diluvio, hasta la compra del motel que consiguió de ganga, pues recién había quebrado como consecuencia de un crimen pasional, un señor de sociedad asesinado por un peluquero estilista que a causa de los celos lo degolló haciendo uso de una navaja de barbería, y fue tal la furia del hechor, que no bastándole tasajear a su víctima la emprendió también a navajazos contra la cama de agua, que se desinfló cuando las correntadas sanguinolentas inundaron el cuarto y salieron en turbión hasta la calle.

«Le voy a extender el título de licenciado en Ciencias del Turismo sin necesidad de que haya aprobado el inglés, jovencito», me dijo Mano en la Conciencia pasados los dos años de la carrera, ya cuando vio que no me subiría al tren del futuro. Sacar el título costaba mil quinientos dólares, en eso sí no perdonaba a nadie, y mi papá, que había abandonado a mi mamá para irse a Costa Rica detrás de otra mujer, ablandó su corazón y mandó vía money order el importe correspondiente, de manera que pude desfilar de toga y birrete del brazo de mi progenitora, Dios la tenga en su seno, orgullosa de verme recibir en el Aula Magna el diploma que me entregó Mano en la Conciencia, togado también, con franjas rojas en las mangas, pues el rojo es el color de los doctores en Ciencias Jurídicas y Sociales, mientras el de los licenciados en Ciencias del Turismo es verde y azul, como nuestras montañas y nuestros lagos.

Una vez titulado conseguí trabajo como capitán de meseros en el restaurante del hotel Seminole de Managua, cuando acababan de abrirlo, y allí fue que conocí a Charlotte. Los ejecutivos de la tribu de indios seminoles de la Florida, decididos a invertir en Nicaragua, además del hotel, y un casino de juego, tenían un centro de mejoramiento genético de ganado, y Charlotte había venido desde su estado natal de Iowa contratada como inseminadora artificial, después de haberse graduado con honores en esa materia en el Colegio Simpson de la ciudad de Des Moines, capital del mismo estado. Vio la luz en el poblado de Truro, desde donde ahora escribo estas líneas. Luego voy a hablar de Truro.

Ella, bonita nunca fue. Primero, le falta estatura, aunque no es que yo me precie de alto, y desde entonces tendía a engordarse. No digo que sea gorda exagerada, pero se le ve sobre todo en las caderas, como que se derraman hacia abajo, y entonces los jeans que siempre usa parece que van a romperse de la costura de atrás con aquel peso. Es de piel lechosa, todo lo contrario de mi color moreno, y desde que la conocí usa grandes trenzas, como las mujeres de los finqueros de Iowa, lo mismo que unos lentes de marco rosado; antes no me importaba, pero ahora me molesta y me sofoca su vieja manía de quitárselos para empañarlos con el aliento

cada vez que me va a decir algo que le parece tras-
cendental.

Se levantaba temprano, y por eso es que a las
seis de la mañana, cuando no había casi nadie en el
comedor del hotel, se le estaba sirviendo ya el desayuno, por lo general un plato hondo hasta el borde
de avena hervida, y una taza de café aguado, que
ellos llaman americano. Otras veces pedía corn
flakes, y entonces agregaba a la leche rodajas de banano. «Alimentación sana y nutritiva», sentenciaba,
tras ejecutar el acto de empañar los anteojos y lim-
piarlos con la servilleta, como si se dirigiera a un
auditorio lleno de aprendices del arte de una vida
sana. Luego se iba para la finca experimental en
una camioneta de doble cabina.

Su español no era muy bueno, pero mi inglés, ya se sabe, era nulo, y mientras ella progresa-
ba, yo más bien retrocedía. Para poder escribir corn
flakes, por ejemplo, debo copiarlo de la caja gigan-
te en la que aparece feliz y contento el tigre Tony,
que he ido a traer a la mesa donde han desayunado
mis hijos antes de irse al colegio. Al pasar con la
caja en la mano frente al espejo que hay en la pared,
al lado donde se cuelgan los capotes y los abrigos,
me he detenido para verme. Si Charlotte nunca fue
bonita, no se puede decir que yo haya tenido alguna vez un físico atractivo, y menos ahora que mis
mejillas empiezan a vaciarse, mi pelo a ralear, y mi
barriguita de siempre va cogiendo volumen. Charlotte me decía, en tiempo de las confesiones cariño-
sas ya olvidadas, que lo que le gustaba de mí era el
color de cinamomo de mi piel. Mi piel canela.
Asunto de contrastes que el amor inventa.

Me fui convirtiendo, sin quererlo, en su profesor de español. A quien es de pocas palabras, otro le suple la falta. Ella me llamaba a su mesa y me hacía abundantes preguntas acerca de giros y frases habituales. Yo contestaba buscando satisfacerla lo mejor que podía. Luego me invitó a salir. Como no me tocaba en el restaurante la hora de la cena, nos cruzábamos al bar Conchas Negras, que está apenas a una cuadra del hotel, o íbamos al restaurante El Muelle, pues le fascinan los mariscos. Fácil de explicar porque Truro, en medio de una inmensa pradera, está lejanísimo de las costas marítimas de Estados Unidos, y todo lo que son langostas y camarones, ya no se diga calamares, pulpos, conchas, cangrejos, eran para ella los animales más exóticos del mundo. Ella pagaba siempre. «Tu nivel de ingresos es demasiado bajo», me decía, tras limpiar los anteojos empañados, «y a mí los seminoles me pagan bien, más de lo que necesito». Yo no protestaba.

Charlotte llegó a Nicaragua en mayo. Para diciembre nos estábamos casando. Rápido, dirá cualquiera, y así es. Si ya estábamos entendidos, sobraban las dilaciones. Su padre escribió desde Truro mandando a pedir una foto mía, y contra mi consejo y mis protestas, Charlotte me tomó una en que aparecía con mi uniforme de capitán de meseros, porque así es ella, la sinceridad ante todo.

Me impuso como obligación que antes del día de la boda yo tenía que estar hablando inglés, y para eso mandó a traer de los Estados Unidos una tonelada de libros, folletos y casetes. Le advertí que iba a ser imposible, yo me conocía bien, pero no hizo caso. Y dicho y hecho, fracasé. Entonces, pese a mis advertencias, hizo que me matriculara en los cursos vespertinos del Centro Cultural Nicaragüense Americano. Imposible también. El tren del futuro del que tanto hablaba Mano en la Conciencia ya iba lejos.

No estoy dotado para los idiomas, eso ya quedó claro. Debe ser una cosa de oído, y también de timidez. Para hablar otra lengua uno tiene que ser una especie de maromero al que no le importa soltarse del trapecio que vuela en las alturas, o de payaso al que le tiene sin cuidado el ridículo de hacer mímicas, copiar entonaciones de voz, imitar a los demás. Yo no. Ése es mi defecto, y mi desventura. Mis futuros suegros jamás en su vida habían salido de Truro. Bueno, unas pocas veces habían estado en Des Moines. Pero nunca antes habían sacado pasaporte, nunca se habían subido a un avión, ni conocían las playas marinas que vinieron a descubrir en Nicaragua con toda su infinidad de animales comestibles.

Llegaron una semana antes del día fijado para la ceremonia, y como Charlotte tenía que impartir un seminario sobre inseminación de vacas pardo suizas, me tocó a mí recibirlos en el aeropuerto. Los esperé con un cartelito en el que Charlotte había escrito sus nombres: Douglas, Priscile. Cuando salieron de la aduana y se acercaron a mí, lo que hice fue tomar sus valijas y meterlas en el taxi, sin que cruzáramos una sola palabra. ¿Cuáles palabras? Nos separaba la insalvable barrera del idioma.

De parte de Priscile hubo desde el principio una absoluta falta de simpatía para conmigo, eso hasta un ciego podía verlo. Douglas, por el contrario, se comportaba de manera tranquila y cordial, nada en absoluto de mi parte que reclamarle. Siendo luteranos, no tuvo él oposición a que nos casara un cura católico; Priscile, al contrario, echó pestes.

En la fiesta de bodas, celebrada en el mismo hotel Seminole, Douglas se puso de pie con la copa en la mano para pronunciar un pequeño discurso, y con los ojos llenos de agua dijo, según la traducción libre de Charlotte, que se había empeñado en preparar a su hija para grandes destinos, y nunca pensó que viniera a quedar en Nicaragua. Lo dijo en un tono tan apesadumbrado, que cualquier creería que Nicaragua era un triste cementerio. O peor que eso, el culo del mundo. Pero debo ser justo en reconocer que no se extendió a decir «nunca pensé que viniera a quedar en Nicaragua casada con un don nadie», cosa que de todos modos yo podía refutar con mi título universitario en la mano.

Charlotte se había enamorado de Nicaragua antes de enamorarse de mí, de modo que allá nos quedamos a vivir. La nombraron jefa del proyecto genético de los seminoles, y su sueldo aumentó. No quiso que yo siguiera de capitán de meseros, según me notificó tras empañar y limpiar sus anteojos de marco rosado, una maniobra que se volvía irresistible, y yo me sometí.

Tuvimos tres hijos, uno tras otro, Frank, Joe y Douglas, este último evidentemente bautizado en recuerdo de mi suegro, al que nunca volví a ver pues un infarto fulminante lo derribó mientras apilaba heno para sus vacas, a los pocos meses de nuestro casamiento. Priscile pasó también a mejor vida dos años después, a causa de un derrame cerebral, de modo que para mí se acabó la tortura de tener que recogerla en el aeropuerto cada vez que venía a visitarnos, Charlotte siempre atareada en sus quehaceres de inseminación.

Mis tres hijos crecieron en Managua hablando inglés, porque desde la preparatoria fueron matriculados en el Colegio Americano, y porque su madre se dirigía a ellos solamente en su idioma, de modo que perdieron por completo el español, y ya por último casi no se comunicaban conmigo.

Charlotte me daba una mesada que yo ocupaba para mis gastos menores, tomar una cerveza en la cantina de la esquina, apostar en una partida de desmoche de las que se armaban allí mismo, comprar mis cigarrillos, cuando fumaba, porque ahora Charlotte me lo ha prohibido, no quiere que ni ella ni sus hijos vayan a morir de cáncer como fumadores pasivos. Por toda la casa ha pegado unas calcomanías que tienen un cigarrillo cruzado por una equis roja. Al entendido, por señas.

Ahora, aquí en Truro, no sé si estos muchachos han llegado a olvidar que soy su padre, un extraño al que ven lavar la camioneta con la manguera cada mañana antes de que Charlotte los suba en ella para llevarlos al colegio, camino de su trabajo, porque yo no tengo licencia de manejar. Para eso hay que aprobar dos exámenes, uno teórico y otro práctico, ambos, claro está, en inglés. Mis otras ocupaciones consisten en sacar los tachos de basura a la vereda, bajar al sótano a lavar y secar la ropa, encender la parrilla en el patio y asar la carne los domingos que tenemos barbacoa, partir la leña en el invierno y almacenarla en el cobertizo, palear la nieve cuando hay nieve. Todas ésas son tareas que no necesitan palabras. Bien podría hacerlas un mudo de nacimiento.

Frank, Joe y Douglas son ya adolescentes, y ni siquiera se dignan darme los buenos días cuando bajan a desayunar. Esas dos palabras en español, «buenos días», no las habrán olvidado, o bien podrían saludarme con un «good morning, daddy», que yo puedo entender. «Good morning, daddy» era la frase que la voz alegre de un niño repetía en los casetes de ejercicios para aprender inglés, una de las pocas que se me quedaron grabadas. Cuando están en la casa, Frank manipula sin descanso el comando de los juegos electrónicos, Joe se las pasa ocupado con los dedos mandando mensajes por el teléfono celular, y Douglas tiene por oficio comer nachitos, burritos y papas de esas que vienen ya cortadas y congeladas en bolsas, que él mismo fríe en una cacerola, y luego embadurna de queso exprimido de un tubo, como si fuera pasta de dientes; por eso se ha vuelto obeso, pero yo no soy quién para prohibirle nada. Primero porque no me entendería, segundo porque de todos modos no me haría caso.

No puedo decir que tenga tres enemigos dentro de la casa, mis propios hijos. Simplemente me ignoran. ¿Y Charlotte? Vive muy ocupada yendo de una finca a otra vestida de overoles, con su valijín lleno de ampolletas de semen congelado, cánulas y guantes de plástico hasta el codo para meter el brazo en la vagina de las vacas, y cuando regresa al anochecer, cena cualquier cosa, de pie, va directo a la cama, y empieza de inmediato a roncar.

Ya no hay nada entre los dos. No me queda más que masturbarme en el baño cuando todo el mundo se ha ido, pero es algo que hago apartándome del espejo por asunto de pudor.

Recientemente me dijo en el desayuno algo que me alarmó: «estoy olvidando el español». Le repliqué que eso no podía ser, no tenemos ni dos años de habernos venido a vivir a Truro. Y si está olvidando el español, como ella dice, es que pronto dejará de hablarme, igual que mis hijos, que de seguro ya no recuerdan mi voz.

Es algo que me cuesta creerle. Los tres muchachos, pasa. Pero ella llegó a dominar muy bien el español, se sabía toda clase de insultos y groserías aprendidas de los peones y vaqueros del proyecto de mejoramiento genético de los seminoles, se pasaba tratándome de pendejo arriba y pendejo abajo, y de gran huevón cuando me quedaba más de la cuenta en la cama, recién dejado mi trabajo de capitán de meseros.

¿Por qué nos venimos a Truro? Porque de pronto Charlotte resolvió que no quería vivir más en Nicaragua. «Así como una se enamora, se desenamora», me dijo un día, y fue cosa de levantar campo con urgencia para regresar a su tierra natal, donde ahora están enterrados sus padres en el cementerio al lado de la iglesia luterana, un cementerio pequeño, con lápidas de piedra entre la hierba y cruces de fierro. En la lápida de mi suegro está adosada una herradura, pues fue campeón de lanzamiento de herraduras del condado por cuatro años seguidos; en la de mi suegra, unas agujas de tejer cruzadas dentro de una urna de vidrio, pues fue hasta su muerte presidenta del Club de Damas del Crochet de Truro.

No tenía más alternativa que venirme con ella, porque volver a mi trabajo de capitán de meseros en Managua no me entusiasmaba para nada, y, además, la competencia no es fácil, los licenciados en Ciencias del Turismo siguen saliendo por montones de las universidades. Pero la principal razón fue que yo la quería, quería a mis tres hijos, los sigo queriendo aunque hayan dejado de hablarme. La seguiré queriendo a ella aunque pronto deje de hablarme también.

Cuando mi suegro dio a entender en su brindis de boda que Nicaragua era el culo del mundo, se olvidó de Truro. No creo que nadie encuentre esta aldea en el mapa, si es que está en el mapa. El primer día que amanecimos aquí, provisionalmente alojados en un motel de carretera mientras Charlotte buscaba casa, la acompañé a visitar a su tío Mike a las oficinas del municipio, una especie de galpón de madera barnizado de verde con una torre terminada en aguja y un reloj de cuatro caras. El tío Mike ha sido reelegido alcalde de Truro no sé cuántas veces.

Coloradote y campechano, siempre con el sombrero de cuero puesto, el tío Mike no dejaba de apretarme la mano con fuertes sacudidas, riendo sin parar, y Charlotte me explicó que su contento se debía, más que a conocer a un miembro de la familia, a que yo venía a ser el primer latino o hispano que veían sus ojos, y por tanto, también el primero a quien podía hacer entrega de un folleto en español sobre Truro que sacó de una gaveta de su escritorio.

De acuerdo al folleto, Truro tiene una extensión de 2,6 kilómetros cuadrados, con una población de 427 habitantes repartidos en 156 hogares, para un total de 116 familias, siendo el porcentaje de latinos o hispanos de 0,43%, según el último censo oficial. El tío Mike hizo las cuentas en su calculadora de mano, y eso daba, a los más, un total de dos latinos o hispanos, pero él nunca se había topado nunca con ninguno. De seguro se trataba de un error del censo. Truro era demasiado pequeño para que gente así se le perdiera de vista.

Un mandamiento aprobado por el Concejo Municipal de la ciudad en 1967 establecía que cada cinco años debía imprimirse un folleto informativo acerca de Truro en los idiomas nativos de los inmigrantes legales, para que cada uno dispusiera de una copia. El tío Mike, lleno de júbilo, estaba cumpliendo con la ley al entregar por primera vez el folleto.

Hoy es 17 de diciembre, 10.15 de la mañana. Del cielo encapotado está cayendo una nieve aguada que se deshace en grandes charcos en el suelo, mientras yo la contemplo desde la ventana, con la nariz pegada al vidrio helado. Desde aquí se ve la interestatal 35, una sola recta entre los árboles pelados por la que pasa de vez en cuando un automóvil con los faros encendidos en la oscuridad del pleno día, a lo mejor una camioneta con un remolque que transporta un caballo, tal vez un furgón de carga, y el ruido del motor de cada vehículo tarda en apagarse en la distancia.

Charlotte anda como siempre en los de sus vacas. Mis tres hijos están en el colegio, y, como siempre, se fueron sin despedirse de mí. Nunca me aventuro lejos de la casa, ni siquiera a pie. Al principio acompañaba a Charlotte los sábados al supermercado. Iba detrás de ella por los pasillos iluminados, arrastrando el carrito. Ahora ni siquiera eso, se va sola a hacer las compras sin avisarme, como si huyera de mí.

Para qué encender la televisión si no comprendo nada, a no ser el reporte del estado del tiempo, porque sobre el mapa del estado de Iowa aparecen en la pantalla nubes grises cuando el cielo va a estar nublado, nubes entre las que asoma apenas el sol cuando el día va a ser incierto, el sol brillante con su corona de fuego si va a hacer un día soleado, una cortina de lluvia cuando va a llover, rayos que culebrean si va a haber tormenta, copos de nieve cayendo lentamente cuando va a nevar, y entonces mejor quito el volumen y me quedo viendo el mapa hasta dormirme en el sillón, y cuando despierto el correcaminos sigue corriendo en silencio perseguido por el coyote en el desierto, y apago.

Antes, cuando sonaba el teléfono, al no más escuchar alguna voz al otro lado de la línea, colgaba de inmediato, asustado, pues no entender lo que un extraño invisible le dice a uno asusta. Ahora ni siquiera lo levanto. Tampoco voy a abrir la puerta cuando suena el timbre porque no sé con quién voy a encontrarme, ni qué me querrán decir, sean predicadores, o vendedores a domicilio.

Me aparto de la ventana helada. Doy vueltas por la casa. Abro el grifo del lavatrastos y lo dejo correr. Vuelvo a cerrarlo. Regreso a la ventana.

Ahora la nieve es más densa, el suelo va poniéndose blanco, va cubriendo los pinos como en las tarjetas de Navidad. Tengo miedo de quedarme mudo. Ya me estoy quedando.

Managua, agosto 2011/
Bellagio, septiembre 2011

El autobús amarillo

Para Edgardo Rodríguez Juliá

El muchacho al que se refiere esta historia desapareció de vista cerca de las dos de la tarde de un domingo de pascua. Una vez que atravesó la rompiente se dejó balancear sobre el lomo de las aguas grises de cara al cielo, y parecía disfrutarlo. Ya por último se le vio alzar la mano, lo que bien pudo ser tomado por un alegre saludo a su esposa que se bañaba con el agua a la rodilla, cuidadosa de sus cinco meses de embarazo, hasta que los reflejos del sol, un intenso reguero de escamas plateadas sobre la superficie en movimiento, ya no permitieron verlo más. Fue entonces cuando lo atrapó la corriente con su garra invisible, pero tuvieron que pasar algunos minutos, quizás tres, para que se despertara en ella algún tipo de inquietud. Un bromista. Eso es lo que era. Seguramente nadaba de regreso debajo del agua, ocultándose, y de pronto aparecería a su lado sacando la cabeza en medio de un estallido de espuma que la salpicaría toda.

Nada de eso ocurrió. Lo buscaba con un esfuerzo de la cabeza erguida hasta dolerle los tendones del cuello, pero más allá de la cresta lejana de la última de las olas todo era un vaivén desolado y luego ya no era posible ver nada porque la resolana la cegaba, sólo un destello de chispas en sus pupilas ardidas.

Primero fue la incredulidad, luego la incertidumbre, un vacío en el estómago, la angustia atragantada en su garganta, un esfuerzo desesperado por llenar su cabeza con la palabra mentira mentira mentira tratando de contener el miedo que sin embargo se desbordaba de pronto como el líquido que se escapa por las rajaduras de una vasija rota.

No se había dado cuenta, pero los del autobús amarillo la estaban rodeando, friolentos, remojados, las piernas llenas de arena. Algunos llevaban sus botellas de cerveza en la mano, y a los que habían estado bebiendo ron en vasos de plástico se les había ido de golpe la borrachera. Juan de Dios, que había convencido a la pareja de sumarse al paseo, hacía visera con las manos para tratar de ver mejor en la distancia de pronto sombría como si ya atardeciera, aunque el sol seguía ardiendo indiferente arriba.

Ni Juan de Dios ni los otros le decían nada, o es que no escuchaba las voces. Lejos había oído gritar un ahogado un ahogado un ahogado, gritos en otro mundo del que la separaba una membrana turbia. Lo arrastró la corriente, gritó alguien más, siempre en sordina, y detrás de esa membrana vio la estampida de los centenares de bañistas que corrían fuera del agua como si la corriente fuera a atraparlos también a ellos, y vio a los dos salvavidas de la Cruz Roja que se habían lanzado al agua y nadaban veloces traspasando la rompiente hasta llegar al sitio donde él había desaparecido alzando la mano.

Es como si me hubiera dicho adiós, pensó. Sacudió la cabeza para sacarse de encima ese pensamiento y otra vez mentira mentira mentira, y el miedo derramándose sin ruido por las rajaduras de la vasija rota. Pero como si de pronto la membrana turbia se desgarrara se oyó a sí misma gritando mentira mentira mentira y oyó sus gemidos que subían en hervor por su garganta mientras sentía que los brazos cálidos, ardidos de sol, de varias de las mujeres compañeras de viaje del autobús amarillo la retenían con energía cariñosa porque ella buscaba escaparse no sabía adónde. Echarse a nado, seguir a los socorristas, alcanzarlos, volver todos juntos trayéndolo salvo a la costa, qué susto más bárbaro me has dado, no me volvás a hacer eso por favor, acordate que bien puedo perder al niño y vos serás el único culpable. Iban a ponerle Félix, como él. Ella lo llamaba el junior cuando le hablaba para irlo acostumbrando a su voz, y le pedía a él que también le hablara, lo tomaba de la cabeza y hacía que la acercara a la piel tensa de su barriga desnuda para que la voz le llegara más de cerca, hola moreno lavado, vas a ser un moreno rompecorazones como tu papá. Ya por el ultrasonido sabían que no iba a ser mujer en cuyo caso se hubiera llamado Cindy, como ella.

Alguien a quien no conoce, un bañista cualquiera entrado en años, metido entre los paseantes del autobús amarillo, le dice a un pescador renegrido por el sol, vestido nada más con un short de azulón en harapos, que esa corriente es como un látigo suelto, si uno se deja llevar sin oponer resistencia lo devuelve sano y salvo al estero porque allí desemboca. Lo dice con aire calmo de sabiduría, y ella, al oírlo, quisiera correr en dirección al estero aunque está clara de que los pies no van a obedecerle y, además, las mujeres convertidas en sus protectoras se lo impedirían porque no conviene a su barriga de cinco meses. El pescador renegrido mira primero al bañista con algo de desprecio ante su falsa sabiduría, y luego mira hacia el mar, y sin decir palabra niega tristemente, pero ella no lo ve porque en ese momento ha abatido la cabeza apretando con fuerza los ojos.

Los socorristas regresan y un gentío corre a rodearlos. Juan de Dios y dos o tres del grupo del autobús amarillo van por noticias. Llegan dos policías en una misma motocicleta. Uno de ellos es mujer, bastante gorda, montada en ancas. Los pantalones del uniforme le quedan estrechos. Se bajan y se abren paso para hablar con los salvavidas. Escuchan un rato, luego miran hacia donde está ella, rodeada, protegida, esperando. Tras un rato de deliberación, es la gorda la que se acerca con paso calmo, acompañada por Juan de Dios y los dos o tres del grupo.

Su ansiedad es como una tiniebla en la que no se puede dar paso, un calabozo del que a lo mejor la mujer policía tiene la llave. Pero por mucho que quiera no entiende lo que le dice, y como si le hablara en un idioma extranjero, las mujeres que la rodean le traducen solícitamente: van a conseguir un bote con motor fuera de borda, los de la cooperativa de pescadores dicen que pueden prestar uno pero hay que poner la gasolina, ya entre todos los paseantes del autobús amarillo han hecho una colecta, a lo que Juan de Dios asiente, en cuanto llenen el tanque del motor van a salir. Los salvavidas de la Cruz Roja irán con el motorista, es todo lo que se puede hacer por el momento. Si ella quiere esperar en la estación de policía, perfecto, no está lejos de aquí.

¿Y el estero?, pregunta ella. Y las mujeres transmiten la pregunta a la mujer policía: ¿y el estero? Ya se ha pensado en eso, pierda cuidado, contesta. Hay tres paseantes del autobús amarillo que se han trasladado al estero para vigilar. ¿Es cierto que la corriente devuelve a las personas al estero?, vuelve a preguntar. La mujer policía no lo sabe a ciencia cierta, ¿de verdad no prefiere esperar en la estación?, todo esto puede tardar. ¿Tardar hasta qué horas? No se sabe, mientras haya luz se puede rastrear en el bote.

No, no va a moverse de allí, quiere quedarse donde está. ¿Haciendo qué?, parece preguntarle con la mirada la mujer policía. Esperando, contesta ella, también con la mirada. Podría esperar entonces debajo de una de las enramadas de la costa, propone la mujer policía, así no tiene que estar aguantando el solazo, no le conviene a su criatura. Demasiados borrachos, y la roconola a todo volumen, no, interviene una de las acompañantes solidarias, una que es la mayor de todas y como bien podría ser su madre, hace las veces de madre.

Ella hasta ahora lo nota. Las roconolas de las enramadas no se han callado. Los bañistas ya han vuelto a meterse en multitud al agua desde hace ratos y retozan entre las olas. Otros abren sus termos en busca de bebidas, se asolean tendidos en la arena, pasean en parejas, los niños montan en los caballos de alquiler. El hecho de que él haya desaparecido mar adentro parece un hecho de ayer, algo que ya ha sido olvidado.

¿No querés que te busquemos una silla?, le pregunta la misma mujer que se ha posesionado de su papel de madre. No, contesta. Pero de todos modos van a pedir prestada la silla a una de las enramadas, una silla pequeña, de plástico blanco. La dueña de la enramada, además, le ha enviado de obsequio una botella de gaseosa con una pajilla, pero la rechaza con un gracias muy apagado. La ayudan a sentarse, y las patas de la silla se hunden en la arena.

Una vez sentada, la mujer que hace las veces de madre le cubre los hombros y la cabeza con una toalla listada. Ella busca secarse los ojos con la toalla pero están secos. Los tiene inflamados y enrojecidos como si hubiera llorado, pero la verdad es que no ha vertido una sola lágrima a pesar de sus sollozos.

Esperar, tiene que esperar. Sólo queda esperar. Esperarlo. Es un buen nadador, puede aguantar. O flotar boca arriba para no desgastar sus fuerzas hasta que llegue la lancha. Cuando lo traigan de vuelta regresarán temprano en el autobús amarillo, todo el mundo querrá irse antes con este susto. Una insolación, eso es lo que se va a ganar, la piel ardida, una gran calentura, en cuanto lleguen a Managua habrá que mandar a buscar una pomada para la piel, unas pastillas para la calentura. Irá ella misma, tendrá que ser una farmacia de turno, Sábado de Gloria, cuando Managua es como un cementerio.

Creía en todo eso porque se lo estaba diciendo ella misma; si se lo hubiera dicho cualquiera de las mujeres que la rodeaban queriendo darle consuelo, la insolación, la piel ardida, la pomada, las pastillas, hubiera empezado de nuevo a sollozar.

Cuando vio que los pescadores empujaban el bote hacia el agua, y ya con el motor encendido los salvavidas saltaban a bordo, sintió un tímido asomo de alegría que se desvaneció pronto. La angustia estaba allí, como un animal dormido que gruñía en sueños, y esa alegría tan instantánea había sido como un moscardón que rondara la cabeza del animal para luego alejarse, temiendo un manotazo. El bote ya había atravesado la rompiente entre cabezazos, y el ruido del motor iba perdiéndose en la distancia, dominado por el estruendo del oleaje. Los dos policías se retiraron a una de las enramadas hasta donde llevaron la motocicleta apagada.

A las cinco de la tarde el bote aún no regresaba. La playa se iba despoblando y los bañistas subían a los vehículos estacionados en las calles que descendían hacia la costa entre casas de tabla maltrechas, autobuses de toda pinta, camiones de carga, camionetas de tina. Fueron arrancando todos y sólo quedó el autobús amarillo con la inscripción SCHOOL BUS en la parte delantera. Era uno de los tantos que los transportistas compraban de segunda mano en Estados Unidos, sacado de su ruta urbana bajo pago de los vecinos del barrio para su paseo anual del domingo de pascua.

La mayoría de los paseantes habían vuelto al autobús amarillo ahora solitario para vestirse por turnos de mujeres y hombres, las toallas colocadas a manera de mampara en las ventanas, y regresaban a la costa a sentarse en grupos silenciosos junto a los que aún quedaban en traje de baño.

Poco antes de la puesta de sol, ya cuando el agua se teñía de morado, apareció a lo lejos la proa del bote, y pronto se le vio atravesar encabritado la rompiente, hasta que los pescadores se hicieron cargo de vararlo en la arena. Los dos policías se acercaron despaciosos a la costa desde la enramada, junto con un nutrido grupo de los paseantes del autobús amarillo.

Ella se puso de pie, se despojó de la toalla e intentó avanzar hacia el bote, pero ahora tampoco sus pies le obedecieron, y las mujeres, que no se habían movido un solo instante de su lado, la rodearon estrechamente. Estaban advertidas de no permitir que se acercara al bote porque no debía ver el gancho para pescar ahogados con que los socorristas iban provistos.

Juan de Dios se desprendió del grupo y vino hacia ella, todavía en calzoneta pero con una camisa blanca de mangas largas a la que sólo parecía faltarle la corbata. Mientras se aproximaba no dejaba de sonreír. Un rictus de sonrisa que quería transmitir esperanza. Todavía nada, le dijo cuando ya estaba a su lado, nada todavía, y ella se volvió a sentar, abatida, como si no pudiera aguantar el peso de su propio cuerpo. La mujer que hacía las veces de madre empezó a sobarle la frente con movimientos lentos y pausados y ella se dejó hacer, vaciada de pensamientos, mejor no pensar, para qué pensar.

Ya de noche no se puede hacer nada, agregó Juan de Dios; los pescadores prometen volver apenas haya luz, todos nosotros los del bus hemos decidido quedarnos aquí en vela, el chofer está de acuerdo, llamó al dueño del bus en Managua y también está de acuerdo. Las mujeres que la rodeaban dieron también su consentimiento con enérgicos movimientos de cabeza.

El bote había desaparecido de la playa, lo mismo que los pescadores y los policías. No oyó el golpe del pedal al encender la motocicleta, ni el motor que echaba a andar tras varios intentos, ni el ruido del escape cuando se alejaba. Lo único que entraba en sus oídos era la tumbazón, acompasada, incesante aunque lejana, porque la marea había empezado a retirarse y la playa húmeda y tersa que iba quedando desnuda brillaba como un espejo escarlata.

El sol, rojo e inmenso, más rojo e inmenso de lo que ella nunca hubiera querido, iba entrando en el mar que ahora parecía sosegado. Los paseantes del autobús se juntaban para admirar la puesta de sol. Algunos tomaban fotos con sus cámaras digitales de manera subrepticia, como si aquello fuera una falta de consideración para con ella.

Las luces del balneario fueron encendiéndose dispersas y pronto se hizo de noche. Una noche sin luna, de nubes aglomeradas, con apenas estrellas diminutas, como si sólo brillaran las más distantes. Del calor del día nada más quedaba el rescoldo, y el viento que empezó a barrer la costa metía la arena en la boca y en los ojos.

Se sentía cansada después de horas en la misma posición, sentada en una silla tan pequeña, pero no tenía ni ganas ni intenciones de levantarse.

No tenía ganas de orinar, no tenía ganas de nada. Concentraba sus fuerzas en abrir bien los ojos para tratar de distinguir en la negrura que se extendía frente a ella, como si pronto él fuera a acercarse caminando por la inmensa playa, viniendo desde el oleaje distante, cansado, friolento, tan cansado que caería de rodillas, le abrazaría las piernas y pegaría el oído a su vientre dentro del que latía aquel pequeño corazón que era de los dos.

Los paseantes más jóvenes del autobús amarillo buscaban en la costa y en los breñales cercanos leños y ramas secas para encender una fogata. No se sabía de dónde habían conseguido querosín, porque llegó hasta ella el olor del querosín. Volteó a verlos. Habían encontrado una rama muy grande, y cuando la echaron al fuego se alzó una humareda y luego la rama comenzó a chisporrotear.

Alrededor de la fogata las voces fueron subiendo de tono y de pronto escuchó la primera risa. Una muchacha reía de lo que ella misma había contado. Cierta alegría en germen se abría paso. En aquellos muchachos alentaba una ilusión de futuro que venía a ser como una certeza de inmortalidad.

Estaban vivos a costa de él, pensó ella, hundido en el fondo de las aguas oscuras, quizás devorado por las fieras marinas, el cadáver arrastrado lejos por la corriente. ¿Vivos a costa de él? ¿Cuáles fieras marinas? ¿Cuál cadáver? Era la primera vez que esas ideas, esas palabras, entraban en su mente y buscó expulsarlas, tapar todas las rajaduras para que no pudieran entrar de nuevo, y se llevó las manos a la cabeza.

Pero no era posible. Repetir otra vez mentira mentira mentira ya no tenía caso. Ya no era él, moreno, flaco, alto, con escaso vello en el pecho, los ojos un poco saltones, la quijada ancha, el cuello largo, un lunar cárdeno extendido al lado de la tetilla izquierda, la calzoneta azul que le llegaba hasta las rodillas, sino el cadáver.

La mujer que se había convertido en su madre se acercó y le preguntó si quería un café. En el cielo por fin había aparecido la luna, dando brillo primero a los bordes de los nubarrones tras los que se ocultaba, y su luz era pálida, borrosa. Tardó en responder pero al fin dijo que sí, sin azúcar. El viento volvió a levantar una cortina de arena, ahora más nutrida. Debía permanecer despierta. Tenía que esperar todo lo que fuera necesario, tenían que encontrar el cadáver, tenía que aparecer. A lo mejor el mar lo devolvía. No podía regresar sin el cadáver.

Managua, enero 2012

Abbott y Costello

1. Los hechos

Natividad Canda Mairena, de veinticinco años de edad, murió la madrugada del jueves 10 de noviembre del año 2005 destrozado por dos perros rottweiler que lo atacaron a mordiscos. Los brazos, los codos, las piernas, los tobillos, el abdomen y el tórax resultaron desgarrados. Las heridas en los codos y tobillos fueron tan profundas que dejaron expuestos los huesos. Cuando después de cerca de dos horas de hallarse a merced de los perros fue al fin liberado, sus palabras habrían sido, según testigos, «échenme algo encima que tengo frío», o «échenme una cobija que tengo frío». Tiritaba de manera incontrolable. Llegó aún con vida al hospital Max Peralta de la ciudad de Cartago, pero falleció minutos después de haber ingresado a la sala de emergencia a consecuencia de la abundante pérdida de sangre.

A eso de las 12.20, pasada la medianoche, Canda había saltado de manera furtiva el muro perimetral de las instalaciones del taller de automecánica La Providencia, situado en La Lima de Cartago, cerca del puente de Los Gemelos, en compañía de Carlos Andrés Rivera, alias «Banano», con intenciones de robar, según el reporte policiaco. Los dos animales se concentraron sólo en atacar a Canda, pues Rivera consiguió huir saltando otra vez el muro. Fue capturado posteriormente y llevado a la cárcel de Cartago.

Juan Francisco Picado, guardián de turno, fue quien liberó a los perros cuando se dio cuenta de la presencia de extraños. «Por lo general se les deja sueltos desde las nueve, pero esa noche se esperaba la llegada de un camión que debía ser reparado al día siguiente, y por eso permanecían encerrados en su jaula», dijo.

Requerido por teléfono, el dueño del taller, Alejo Sanabria, se presentó cerca de las 12.40 a. m., pues tiene su casa de habitación en la vecindad. Como veinte minutos después, hacia la una de la madrugada, se presentaron a bordo de dos camionetas de tina ocho agentes de la Fuerza Pública. El sargento Feliciano Ortuño, jefe de la patrulla, declaró que estudiaron la situación y resolvieron no disparar contra los perros porque temían herir a Canda; lo mismo afirmó Manuel Goyzueta, el otro de los guardas de seguridad, quien mostró a los periodistas jirones del pantalón de la víctima: «hice seis disparos al aire para asustarlos, pero pasó todo lo contrario, se enfurecieron más». Uno de los perros se llama Abbott, el otro Costello. Según Goyzueta, fue Abbott el que atrapó a Canda y lo arrastró una distancia de 25 metros.

El intento de rescate por parte de la Cruz Roja y del Cuerpo de Bomberos no empezó sino a la 1.40 de la madrugada. Según el socorrista Andrés Quirós, se utilizó un total de 3.786 litros de agua a presión, y fue gracias al poder de las mangueras que los perros por fin retrocedieron.

Los dos rottweiler volvieron a la jaula por sus propios pasos después que Canda fue llevado al hospital, y quedaron encerrados de nuevo. Cada uno tiene un costo aproximado de quinientos dólares, según peritos consultados. El Ministerio de Salud de Costa Rica decidió que no serían sacrificados, luego de verificar que no padecían de rabia.

La licenciada Valentina del Socorro Camacho, veterinaria y experta en conducta animal, explicó el motivo por el que los rottweiler no obedecieron las órdenes de detenerse, una vez que tenían cercada a la víctima. «Los perros se hallaban fuera de control, pues cuando atacan en jauría se acentúa en ellos el instinto de atrapar a la presa. Cuando se enfrenta el ataque de dos o más animales de esa clase, no hay probabilidades de sobrevivir».

Hay un video que alguien tuvo tiempo de tomar, donde se registra el ataque. Puede verse en YouTube, http://www.youtube.com/watch?v= YKrqZpD6VmI. Ambos animales son de color negro, la piel lustrosa, y a luz de un fuerte foco que dispersa la oscuridad de la noche, se afanan sin descanso encima del cuerpo de Canda tendido sobre la hierba crecida, mientras un hombre de chaqueta marrón, que bien puede ser uno de los guardas del taller, o el dueño, permanece de espaldas a unos pocos pasos. Luego el cuerpo es arrastrado de un lado a otro por los perros, y más luego uno de ellos está ocupado en clavar sus colmillos en la víctima, en tanto el otro vigila con la cabeza enhiesta. No se sabe cuál es Abbott y cuál es Costello. El hombre de la chaqueta marrón se mantiene en escena, siempre de espaldas.

2. El occiso

Natividad Canda Mairena nació el 13 de agosto de 1980 en Chichigalpa, departamento de Chinandega, en el occidente de Nicaragua, donde las temperaturas en tiempo de verano alcanzan los 40 ºC. Son las tierras más fértiles del país, situadas en una planicie que se extiende entre la cordillera volcánica de los Maribios y la costa del océano Pacífico, aptas para el cultivo de la caña de azúcar, el maní, la soya, el banano y el ajonjolí. Antiguamente se sembraba también algodón, cultivo que envenenó sin remedio las fuentes de agua, pues los sedimentos de los insecticidas penetraron el manto freático, de modo que hasta la leche materna se halla contaminada de toxaclorofeno.

Su familia vive actualmente en el reparto Modesto Palma de Chichigalpa. Natividad era el menor de nueve hermanos y permanecía soltero. Su padre murió debido a una deficiencia renal crónica, provocada por la constante deshidratación a que se someten los cortadores de caña de azúcar que realizan su trabajo a pleno sol, y después que los cañaverales han sido quemados, con lo que la temperatura sube aún más.

La responsabilidad de sostener la casa quedó en manos de su mujer Juana Francisca Mairena. Para poder mantener a sus hijos trabajó también cortando caña como cualquiera de los hombres de las cuadrillas, y como empleada doméstica, cocinando, lavando y planchando. En 1993 dos de ellos,

Antonio, de veinte años, y Natividad que tenía entonces trece, decidieron buscar fortuna en Costa Rica, igual que otros miles de emigrantes ilegales.

Según su hermano César Augusto, Natividad fue deportado varias veces pero siempre volvía a atravesar la frontera por los puntos ciegos que conocía como la palma de su mano. Para él eso era como un deporte. «Qué me voy a quedar haciendo aquí si sólo voy a ser una boca más que alimentar», les decía en cada ocasión que regresaba sólo para volverse a ir. Lo buscaban al amanecer, y ya no estaba. Era terco de carácter. «La verdad es que en Nicaragua, además de que no abunda el trabajo, se gana una poquedad. En Costa Rica hay mejores salarios, y la gente se va con esa esperanza», agrega César Augusto, cortador de caña igual que sus padres, y quien, mientras no empieza la zafra en el ingenio azucarero vecino, pasa todo el día, como él mismo dice, «sosteniéndose la quijada».

Juana Francisca Mairena tenía sesenta y ocho años a la muerte de Natividad. Enjuta, encorvada, oscura de piel como si el sol la hubiera consumido y calcinado, las rudezas de la vida la hacen parecer más vieja, aunque son pocas las canas en su pelo. Cuatro de sus hijos, Margarito Esteban de treinta y ocho años, César Augusto de treinta y seis, Juana Francisca de treinta y cinco, y María Esperanza de treinta y dos, viven en la misma calle del reparto. La calle carece de pavimento y tiene más bien el aspecto de un cauce de lluvia donde crece libremente la maleza.

Tras muchos trámites la familia consiguió que los restos de Natividad fueran repatriados. Juntando a como pudieron los centavos, la madre viajó a traerlos. Llegaron en un ataúd recubierto de peluche color gris.

Al cumplirse el primer aniversario de su muerte se celebró una misa en la parroquia de San Blas. A esa fecha, tanto la madre como las hermanas guardaban aún riguroso luto. «Nunca estuvo solo, pero lo dejaron morir, dos horas enteras con esas dos fieras despedazándolo y nadie quiso quitárselas de encima, vea qué pecado», dice su hermana María Esperanza mientras sacude con desconsuelo la cabeza, sentada en una silla tejida de plástico en la vivienda de su madre. Es una casa forrada de tablas a la que se llega subiendo un barranco. A través de las rendijas de las tablas se escapa el humo del fogón de la cocina. Por ese barranco bajó el ataúd de peluche para ser llevado al cementerio de Chichigalpa, cargado por los vecinos.

Se dieron cuenta del suceso por una llamada telefónica de Antonio, que trabaja en un supermercado de San José. Nada más les comunicó que Natividad estaba muerto, pero no se atrevió a decirles que había sido destrozado por unos perros. Eso no lo supieron hasta que vieron las imágenes que estuvo pasando la televisión en Nicaragua. «No podíamos creer que fuera él ese muñeco de trapo que los perros zarandeaban de aquí para allá a su placer», dice María Esperanza.

«Mi hermano le tenía pánico a los perros», agrega. «El temor le quedó desde pequeño, cuando un animal que parecía manso, un pastor alemán, lo mordió en la cara y lo dejó marcado con una cicatriz. El perro estaba amarrado en la puerta de la casa de uno de los técnicos de las calderas del ingenio, y él se acercó con toda inocencia a hacerle jugarretas. Natividad andaba entonces en los ocho años, acababa de dar su primera comunión en la iglesia de San Blas. Esa vez, mi mamá lo llevó después de la misa al parque de Chichigalpa para que un fotógrafo ambulante le tomara una foto, vestido de blanco y con su gran candela en la mano, más grande que él.»

«A mi mamá le dijeron unos vecinos del taller que mientras los perros revolcaban y mataban a tarascadas a mi hermano, unos policías de los que habían llegado se quedaron viendo la escena de lejos, y otros se volvieron a la radiopatrulla donde se pusieron a oír radio», dice otro de los hermanos, Margarito Esteban, y dice también: «cuando publique esto haga constar que le estamos muy agradecidos al licenciado Sotela, el abogado que hizo la acusación sin cobrar un centavo, viendo la pobreza de mi mamá».

Harold Fallas, un amigo costarricense de Natividad, recuerda que éste solía dormir debajo de los puentes, o donde le cogiera la noche, y para que nadie fuera a denunciarlo como indocumentado se fingía tico al hablar, y decía que su familia era de Tres Equis de Turrialba. En Los Diques de Cartago, donde vivió un tiempo, le decían Nati. «Era tranquilo, nada pendenciero», afirma Bautista Lagos, un vecino del lugar.

Según información judicial reunida por el diario *La Nación*, sólo en el año 2005, el mismo de su muerte, Natividad había comparecido ocho veces ante los tribunales de justicia, señalado como

sospechoso de saqueo se vehículos, robo de electro-
domésticos en domicilios particulares, asaltos en la
vía pública, posesión y consumo de drogas, y sus-
tracción de cables del tendido eléctrico y telefónico.

3. El shock hipovolémico

Fue ya cuando yacía en la tina de una de las
dos camionetas de la Fuerza Pública en que iban a
transportarlo al hospital de Cartago, que Natividad
Canda dijo: «échenme algo encima que tengo frío»,
o «échenme encima una cobija que tengo frío». Según
el dictamen médico legal fueron 197 las mordeduras
identificadas en su cuerpo. Cuánta sangre puede escaparse a través de tantas heridas provocadas por colmillos afilados, en un espacio de casi dos horas, sin
ninguna clase de interrupción, es algo que no puede
determinarse, pero, en todo caso, resulta más que suficiente para causar un shock hipovolémico.

El shock hipovolémico se da cuando el cuerpo ha perdido una quinta parte o más del volumen
normal de la sangre, y uno de sus principales sínto-
mas es la intensa sensación de frío a causa de la hipo-
termia profunda, la cual consiste en el descenso de la
temperatura corporal por debajo de 31 °C. Ya para
entonces la capacidad de bombeo del corazón se encuentra gravemente debilitada, y el funcionamien-
to de otros órganos vitales se ha entorpecido. Además del intenso frío, se produce un estado de
ansiedad al extremo de la angustia, agitación y confusión de los sentidos, temblor incontrolable, y luego debilidad general y pérdida de la coordinación,

somnolencia, disminución del ritmo respiratorio y del pulso, hasta llegar al letargo, al estado de coma, y a consecuencia de la baja actividad celular, a la muerte clínica, y de allí a la muerte cerebral.

4. Los perros

El rottweiler macho pesa por lo regular entre 110 y 120 libras, y mide entre 61 y 68 centímetros desde la cabeza, que es de gran tamaño, hasta la cruz. Tiene una constitución musculosa, cuello también musculoso, de longitud moderada, hocico corto y férreas mandíbulas. La fuerza de su mordida es de 300 libras en el radio de la boca. Está armado de 42 dientes, con cierre en tijera, de modo que los incisivos superiores cubren sin fisuras los inferiores.

Su nariz es bien desarrollada, más ancha que redonda, con fosas nasales relativamente amplias, la trufa siempre negra. Los ojos son de tamaño medio, en forma de almendra, de color castaño oscuro, y las orejas caídas, triangulares y muy separadas. Si tiene papada o piel colgante en la garganta, es un mal ejemplar. Se le suele cortar la cola cuando cachorro, dejando tan sólo una o dos vértebras, si bien el estándar de la Federación Canina Internacional (FCI) prohíbe la amputación total de la misma.

Aunque el rottweiler es propio para defensa y protección, los manuales de crianza y uso lo describen como amistoso, alegre, tranquilo, fiel, obediente, dispuesto al aprendizaje y al trabajo en diversas tareas. En las tablas de clasificación de raza caninas según el grado de agresividad, no se encuentra entre los diez primeros, pero sí se halla entre los diez más inteligentes, criaturas perspicaces y con buen discernimiento. La FCI los considera ideales como guardianes de la familia y de la propiedad.

5. Reconstrucción de los hechos

La noche del viernes 25 de noviembre del 2005, las autoridades judiciales llevaron a cabo la reconstrucción de los hechos en el predio del taller de automecánica La Providencia. Participaron unas cuarenta personas entre jueces, fiscales, técnicos forenses, expertos en balística y planimetría, abogados de las partes, miembros del Organismo de Investigación Judicial (OIJ), los policías de la Fuerza Pública involucrados, así como los socorristas de la Cruz Roja y los miembros del Cuerpo de Bomberos que al fin realizaron el rescate. Dos perros rottweiler amaestrados hicieron las veces de Abbott y Costello, los que en ningún momento abandonaron su jaula mientras duró el procedimiento, y un maniquí hizo las veces de Canda, vestido con ropas parecidas a las que éste llevaba al momento del ataque. Su compañero Carlos Andrés Rivera, alias «Banano», participó él mismo en la representación, lo mismo que el dueño del taller, y los dos vigilantes de turno.

El objetivo definido por el fiscal del caso, licenciado Pablo de Jesús Peralta, para solicitar al tribunal competente la reconstrucción de los hechos en el propio lugar en que acaecieron, fue determinar si mientras Canda estuvo sometido a la agresión de los perros, las personas que en uno u otro momento se hallaban presentes estuvieron en la posibilidad real de hacer algo efectivo para alejarlos o neutralizarlos, o si, por el contrario, la extrema agresividad que los mismos mostraban constituyó un impedimento insalvable para llevar adelante cualquier iniciativa, incluida la de hacerles disparos de armas de fuego, y si estos disparos hubieran ido o no en perjuicio de la propia víctima.

Los perros, que estuvieron siempre a las órdenes y bajo el cuidado de su entrenador, atacaron al maniquí hasta destrozarlo a mordiscos, mientras las personas involucradas se colocaron en los mismos lugares que declararon tener a la fecha de los sucesos investigados. El procedimiento tuvo menor duración que el de su tiempo real.

6. La sentencia judicial

El licenciado Fernando Sotela, actuando en representación de la señora Juana Francisca Mairena, viuda de Canda, interpuso el 15 de noviembre de 2005 una querella ante el Ministerio Público de Cartago, mediante la cual acusó por el delito de homicidio simple en concurso de omisión de auxilio al dueño del taller La Providencia, Alejo Sanabria, y a los guardas de turno del mismo, Manuel Goyzueta y Juan Francisco Picado. También acusó de la comisión del mismo delito a los ocho agentes de la Fuerza Pública «por su manifiesta impasibilidad».

Por su parte, el fiscal Peralta solamente introdujo acusación penal por omisión de auxilio en contra de dos de los miembros de la fuerza policial, Gamaliel Urbina y Yader Luna, «quienes pese a la urgencia de los hechos se alejaron hacia una de las radiopatrullas y se dedicaron a conversar, a tomar café de un termo, y supuestamente a escuchar un programa musical en la radio».

El Tribunal de Justicia de Cartago, compuesto por las juezas Maribel Zeledón, Clarisa Chan y Rosaura Pacheco, mediante sentencia firme dictada a las diez de la mañana del 14 de enero de 2006, por mayoría de dos votos contra uno eximió de responsabilidad penal al dueño del taller, Alejo Sanabria, y a los guardas de seguridad del mismo, Manuel Goyzueta y Juan Francisco Picado, así como a los ocho agentes de la Fuerza Pública, desestimando en todas sus partes la acusación entablada en contra de cada uno de ellos.

El voto contrario, debidamente razonado, correspondió a la jueza Maribel Zeledón, quien señaló diversas inconsistencias y contradicciones jurídicas en el fallo de mayoría: «se tomó en cuenta como fundamento de la sentencia el dictamen pericial de un médico veterinario, quien afirmó que el salto de un perro rottweiler es más rápido que la velocidad de un disparo, por lo que, según ese criterio, resulta imposible que una bala lo alcance mientras se halle en movimiento, aseveración a todas luces absurda que busca justificar la pasividad de quienes tenían el deber de disparar contra los animales enfurecidos y no lo hicieron, ya que una bala de pistola, como las que utiliza la Fuerza Pública,

viaja a 340 m/s, una velocidad parecida a la del so-
nido, que en la atmósfera terrestre es de 343,2 m/s,
y que ningún animal por raudo que sea puede nunca
alcanzar».

7. Punto final

El acta forense anota que en la morgue del hospital de Cartago fueron retiradas del cuerpo del occiso las siguientes prendas de vestir: «un par de zapatos deportivos de color blanco en mal estado, un
par de calcetines verdes, un pantalón jean con con-
siderables desgarraduras, un cinturón de vaqueta,
una camiseta de algodón color celeste con logo de
Cáritas Internacional, todas con copiosas manchas
de sangre».

En la misma acta se registra que en uno de
los bolsillos traseros del pantalón se encontró una
cartera de material plástico que contenía tres billetes de cincuenta colones cada uno, una tarjeta de
prepago para llamadas telefónicas, y, doblada en
dos, la foto bastante apagada de un niño que sostiene una candela de primera comunión.

Managua, enero 2012

Flores oscuras

Para Arturo Echavarría

A finales de septiembre de este año, después de un mes en Villa Serbelloni, la espléndida residencia para escritores y artistas que se alza encima de la pequeña ciudad de Bellagio, en la ribera del lago de Como, me quedé por unos días en Milán con Tulita, antes de tomar el avión de regreso a Nicaragua. Llega un momento de la vida en que lo primero que se busca de las ciudades son los museos, y queríamos ver, antes de nada, el *Cenáculo* de Leonardo en Santa Maria delle Grazie; pero como los grupos admitidos a horarios determinados al refectorio del convento son pequeños, al no haber entradas para ese día decidimos adelantar el siguiente paso del programa, y nos fuimos a visitar la pinacoteca de Brera.

Después de cumplir con el ritual de detenernos frente al *Cristo muerto* de Mantegna nos separamos, cada quien dedicado a sus propias exploraciones, y convenimos en encontrarnos a las cinco y media de la tarde en la puerta del bistrot Fiori Oscuri donde habíamos almorzado, en la calle del mismo nombre, muy cerca de la pinacoteca.

La primera estación de mi recorrido es la *Última Cena* de Daniele Crespi. Copio mis notas: «Judas

Iscariote, colocado en primer plano, a la derecha, un tanto apartado de los demás, se vuelve para mirar a la cámara, porque aquí el pintor hace el papel de fotógrafo. Descalzo, aparece vestido con una túnica gris de tela basta, y lleva un manto rojo que le resbala del hombro, la barba y el cabello rizados y muy negros. La preocupación es evidente en el rostro avejentado, una preocupación ardiente, exacerbada. En la mano tiene una bolsa pequeña verde oscuro, que puede ser la de las famosas treinta monedas, pero existen otras razones para que esa bolsa esté en su mano, y la muestre en lugar de esconderla: debemos recordar que fungía como tesorero del grupo, y puede que de allí haya proveído para los gastos de viandas y servicios de la cena a la que están convocados.

»Sobre la mesa hay una suculenta pierna de cordero en una fuente; en otra cercana, sardinas, y en otra un pescado entero, seguramente del mar de Galilea donde la mayoría de los discípulos faenan en sus barcas tirando las redes. También hay rodajas de limones y panecillos, y lo que parece ser un salero. Los alimentos están intactos, lo que quiere decir que la cena aún no ha empezado.

»¿Comerá algo Judas esa noche? ¿Probará de ese cordero perfumado con orégano, que el cocinero ha adobado con especias? ¿O de las sardinas, las famosas sardinas de Genesaret, puestas nada más sobre las brasas? ¿Del pescado, asado en una envoltura de hojas de vid remojadas en aceite de oliva, de la que ha sido despojado antes de traerlo a la mesa, posiblemente una perca, o un barbudo? Es poco probable. Su estómago no está para manjares, más bien debe brincarle de la desazón. Ya hizo lo que hizo, o lo que el destino, o la divinidad, que siempre son lo mismo, le han obligado a hacer. ¿Cómo no va a estar entonces tenso, inquieto, a punto de resbalarse del banco?

»Judas tiene en la mano, sin embargo, un trocito de pan que ha pellizcado de una de las hogazas. Hay quienes pellizcan el pan de puros nervios. Otro de los discípulos alza un cuchillo como quien amenaza, pero su gesto sólo demuestra que está dispuesto a entrarle a la pierna de cordero apenas tenga licencia para ello. La animación es general, nada de caras largas ni asustadas, puesto que aún el Maestro no ha dejado caer sobre sus cabezas el jarro de agua fría, o hirviente, que será aquello de en verdad les digo que ya sé que uno de ustedes me traicionará. Qué más se necesitaba para sembrar la confusión y la desconfianza entre el grupo errante en el que no deja de haber intrigas y amagos de reyerta a la menor discusión».

Guardo la libreta y aún no sé para qué habrán de servirme esas notas. Casi nunca se sabe. Una libreta, los márgenes de las páginas de las guías de los museos, el revés de una tarjeta de visita, cualquiera espacio en blanco es útil. Algunas resultan de provecho cuando uno se encuentra de nuevo con ellas revisando papeles viejos, y las relee, pero en la mayoría de los casos, debido a que la atmósfera de apuro febril en que fueron escritas se ha disipado, se vuelven como esas hojas de otoño que se guardan entre las páginas de los libros y allí se marchitan, mostrando el esqueleto de sus nervaduras.

Sigo mirando a Judas, muy cerca del cuadro, tanto como lo permiten los sensores electrónicos.

En ésas estoy, cuando escucho una voz muy cortés a mi espalda.

—Signore, posso...

Me aparto, creyendo que estoy estorbando. Cuando me vuelvo encuentro a un visitante de una edad parecida a la mía, de estatura media, el pelo y la barba de rizos tan negros que no puedo dejar de atribuirlo a la eficacia de un buen tinte, aunque yo tampoco tengo canas y no uso tinte de ninguna clase, con lo que mi sospecha puede ser gratuita; va vestido con toda corrección, una chaqueta de pana color castaño, de esas que tienen refuerzos de cuero en los codos, y la corbata violeta oscuro bien anudada. Tiene pinta de profesor universitario. Me sonríe, y la sonrisa descubre sus dientes manchados de nicotina.

—¿Puedo solicitarle el favor de que vea en la placa la fecha en que ese cuadro de Crespi fue pintado? —me pide—. He dejado los lentes en el hotel...

Le respondo que con todo gusto.

—Entre 1624 y 1625 —leo.

—Necesito aún otro favor, la fecha de otro cuadro. ¿Puede venir conmigo? —murmura, con aire apenado.

Yo lo sigo, con obediencia cortés, hasta otra de las salas cercanas, y nos situamos frente al *Cenáculo* de Rubens.

El cenáculo, el aposento alto. Según cuenta Marcos, el primer día de la fiesta de los panes sin levadura, cuando se sacrifica el cordero en recuerdo del éxodo del pueblo judío desde Egipto, uno de los discípulos preguntó al Maestro dónde quería celebrar la cena conmemorativa, y entonces Él envió a dos de ellos a buscar por las calles de Jerusalén a un hombre que les saldría al encuentro cargando un cántaro de agua. Lo deberían seguir hasta que entrara en una casa, y allí preguntarían al dueño por el aposento alto donde todos ellos se juntarían al caer la noche.

Es un episodio que siempre me ha turbado. El Maestro no deja nada al azar. Los dos discípulos buscarán a un aguador desconocido por las estrechas calles llenas de gente atareada en un día de fiesta, mercaderes sentados en el suelo con sus géneros desplegados, mujeres que regatean con los carniceros el precio de un cuarto de cordero, pregones y disputas; ellos se apartan contra las paredes para dar paso a los sirvientes cargados de canastas, pero sin descuidar la mirada, estorbada de pronto por el paso de una pareja de burros que llevan leña, o de un camello que se niega a avanzar. Un aguador entre muchos aguadores, al que nunca han visto y con el que sin embargo tendrán un encuentro inevitable.

Antes de que me lo pida, me acerco para leer la placa y le doy la fecha del cuadro: 1632.

—Entonces, es imposible —dice, con un leve suspiro que denota que sus dudas han sido resueltas.

—¿Es imposible qué cosa? —le pregunto.

—Que Crespi haya imitado a Rubens en lo que hace a la representación de Judas, pues ya ve que su Última Cena fue pintada primero, unos ocho años antes —responde—; pero el parecido entre ambas figuras es asombroso.

Tiene razón. Judas es el mismo en ambos cuadros, y aquí otra vez aparece en primer plano, siempre al lado derecho de la mesa, también un tanto apartado de los demás, de nuevo la barba y el cabello rizados y muy negros, y lo único que varía es el color de sus vestiduras, pues lleva una túnica azul, y el manto, que otra vez le ha resbalado del hombro, tiende al amarillo.

—Entonces, a lo mejor fue Rubens quien copió a Crespi —le digo.

—A lo mejor —dice él, encogiéndose de hombros—. No sería el primer caso en que un pintor mayor saquea a otro menor, o, mejor digamos, menos famoso.

Nos quedamos silenciosos, entregados a la contemplación del cuadro, y mientras tanto yo hago mis notas mentales, que después escribo en el hotel, pues me siento cohibido de sacar mi libreta en su presencia: «la mesa está limpia, no quedan ni mendrugos porque es obvio que la cena ya pasó, y sólo hay una copa de vino sobre el mantel. El Maestro ya respondió lo que habría de responder a la pregunta de Judas, ¿acaso seré yo, Maestro?, con el lapidario tú lo has dicho, que deja a todos espantados primero, y luego murmurando por lo bajo. A esas alturas ya apesta el estigma de su traición, y sin embargo sigue allí sentado; no puede haber nada más incómodo.

»Es, a fuerza, un personaje central. El otro personaje central del drama que se desarrolla esa noche a partir de la cena es, obviamente, el Maestro. Los demás discípulos, incluido Juan, que siempre está reclamando ser el más amado, son en ese momento actores secundarios en el reparto. Algunos lo serán para siempre. Sólo los muy versados pueden recordar el nombre de cada uno de ellos.

»El Maestro, los ojos alzados hacia el Padre, bendice el pan, y el único que no atiende la liturgia es Judas, la pierna cruzada, otra vez descalzo, el rostro vuelto hacia la cámara. Ya no denota nada más preocupación, sino angustia, que se revela sobre todo en sus ojos, la mano empuñada en la boca como si quisiera morderla. A sus pies hay un perro, consabida encarnación del demonio».

—En la Última Cena de Bartolomeo Carducho, que se está en el museo del Prado, también hay un perro a los pies de Judas, medio escondido debajo del mantel, y cerca de él un hueso que le han tirado —dice de pronto el desconocido—. Pero se trata de un espécimen muy pequeño para encarnar al demonio, como aquí; un perrito de salón al que bien se podría poner un coqueto lazo de seda al cuello.

Me siento incómodo. Su comentario acerca del perro me crea la sensación de que se está asomando por detrás de mi hombro a las notas de mi libreta, cosa absurda, pues no estoy tomando ninguna, más que en mi mente.

—¿Ha visto, por otra parte, la Última Cena de Veronese? —me pregunta, observándome con cuidado, como si quisiera comprobar que soy un interlocutor que vale la pena—. Está en la Galleria dell'Accademia, en Venecia.

No me da tiempo de decirle que ese cuadro, espléndido en sus grandes dimensiones, se quedó en mi memoria desde que lo vi por primera vez en 1975, y que he vuelto a él en cada nueva visita a Venecia; pues me toma por un brazo y me lleva hacia la ventana que da al claustro central donde se alza la estatua ecuestre de Napoleón Bonaparte. Habla en voz baja, para no distraer a los visitantes, y todo toma la apariencia de que urdimos algún tipo de conspiración.

—Veronese pintó una cena donde el Maestro aparece rodeado de mercaderes, soldados ebrios que se lían a puñetazos hasta sacarse sangre de las narices, saltimbanquis, bufones, enanos deformes, niños entretenidos en sus juegos, perros y cotorras, legiones de criados africanos, y entre todos ellos, apenas se distinguen los discípulos, que parecen desentonar en aquel festín —dice sonriendo.

—A Veronese lo sentaron delante del tribunal de la Inquisición, y tuvo que cambiar el nombre al cuadro después de que trató de defenderse con juegos de palabras, hasta que se dio cuenta que con el Santo Oficio no se bromeaba —digo con suficiencia herida—; el cuadro pasó a llamarse entonces *Fiesta en casa de Leví*.

El Maestro departe contento entre tantos extraños, despreocupado de la extravagancia de la fiesta. Tiene una gran bandeja de cordero frente a Él, mientras Judas, de rojo, en su lugar de siempre, luce afligido y mira hacia atrás, como si no quisiera dejarse sorprender por la espalda. El perro se halla otra vez cerca de sus pies. Debe haber un gran rumor de voces discordantes entretejidas, el ruido de platos y fuentes que caen de las manos de un criado ebrio, debe haber música, alguien que canta una canción melancólica sin que nadie le preste atención en medio de la algarabía que llega hasta la calle.

—Sí, Leví, el odiado publicano, recaudador de tributos del imperio, que deja sus riquezas para seguir el llamado del Maestro, pero antes dará una fiesta de despedida, y se convertirá luego en Mateo, el discípulo evangelista —dice, sin dejar de sonreír.

—El Maestro confió más en Leví que en Zaqueo, que también era un rico recaudador de impuestos —le digo—. Lo halagó yendo a hospedarse en su casa, y luego lo puso de buen ejemplo, pero Zaqueo solamente ofreció entregar la mitad de su capital a los pobres; no bastaba la mitad para entrar en el número de los discípulos.

El guarda uniformado de gris, de pie en una de las puertas de la sala, un anciano que muestra señales del mal de Parkinson por el temblor de una de sus manos, nos mira con severidad, a pesar de que nuestras voces apenas se escuchan.

—¿Y la Santa Cena de Juan de Juanes que está en El Prado, la conoce? —me pregunta.

—Por supuesto —respondo, como un buen alumno que pelea por su nota.

En ese óleo sobre tabla, de encendidos colores, los apóstoles aparecen arrobados y beatíficos alrededor de Jesús que alza la hostia. Todos, excepto Judas, ahora pelirrojo y vestido de amarillo, otra vez en primer plano a la derecha, su sitio invariable, listo para lanzarse escaleras abajo al menor signo de amenaza contra él. Presa de insoportable tensión, se agarra con una mano al banco donde está sentado.

En la mesa no hay más que una garrafa de vino y algunos panes. A esas alturas los criados ya han levantado el servicio, y de seguro hubo cordero cocido, o a las brasas, una pierna magra o un costillar; y a lo mejor dátiles, más el pan ácimo, si suponemos en todo una frugalidad impuesta por la tradición, y por la pobreza de los comensales. Nada de la cena espléndida que vio Veronese.

—Como es costumbre —dice con su leve sonrisa el desconocido—, Juan de Juanes puso la aureola de la santidad sobre la cabeza de los discípulos, pero no le colocó ninguna al Maestro, pues se sobrentiende que no la necesita.

—Ni al traidor, faltaba más —digo yo.

—Bueno, sí, traidor —dice él—. Una creencia consumada por los siglos a la que es inútil oponerse.

Habla ahora con melancolía, asomándose por la ventana al claustro por el que cruzan de manera indolente los visitantes que entran y salen del recinto.

—De todas formas, tanto el Maestro como Judas tenían marcados sus movimientos en el guión —digo yo—. Ambos saben que deben encontrarse en la siguiente escena, la de la entrega en el huerto mediante el beso en la mejilla.

—Sí —dice él, y vuelve hacia mí sus ojos llenos ahora de pesadumbre—. You need two to tango.

Y luego, la soga. La desesperación, sombra o símil del arrepentimiento, lleva a Judas a buscar una soga bien trenzada y un árbol de ramas resistentes, un sicomoro. Abundan los sicomoros en el Nuevo Testamento. Zaqueo, el que sólo está dispuesto a entregar la mitad de lo que tiene, se sube a un sicomoro deseoso de ver pasar al Maestro por una calle de Jericó, pues es corto de estatura y no quiere estar dando saltitos entre la muchedumbre para poder asomarse. Un enano vestido con opulencia, qu no deja de ser cómico aunque sea rico. Zaqueo, jate de allí, le ordena el Maestro cuando lo descu e entre las ramas, y se lo habrá dicho con algo de version.

—En lo que hace al suicidio de Judas existen contradicciones —le digo sin proponérmelo, como si mis pensamientos buscaran por su cuenta mi boca.

»Que se ahorcó, afirma Mateo. Aturdido por el remordimiento, Judas compareció delante de los sumos sacerdotes para devolverles el dinero que le habían pagado por la traición, y como no quisieron aceptárselo, se lo tiró a la cara, y corrió a buscar el árbol consabido del que colgarse. Pero en los Hechos de los Apóstoles se dice que más bien compró una finca con las treinta monedas, que ya se ve era mucha plata, y un día cayó de cabeza, se reventó por el medio y se derramaron sus intestinos. No se explica la edad que tenía para entonces, ni nada más. Pudiera ser que hubiera muerto ya muy viejo. Viejo y dueño de algunas yugadas de tierra para cultivar trigo, un olivar, un molino, un rebaño de cabras, algunas ovejas.

—Hay mucho de falacia en todo eso —dice el desconocido—. A lo mejor ni siquiera recibió dinero por lo que debía hacer. ¿Para qué lo quería si de todos modos sabía que debía ahorcarse, porque su propia muerte era parte del pacto?

—Entonces, ¿usted descarta que haya comprado una finca con las treinta monedas, y que haya muerto despanzurrado? —le digo.

—Definitivamente —contesta—. En el guión estaba escrito que debía ahorcarse. No tenía escogencia ninguna. Usted mismo acaba de reconocerlo.

La conversación ha empezado a fastidiarme, y pienso en lo que me queda ver del museo, ya corto de tiempo.

—¿Ha leído el evangelio de Judas? —me pregunta con inquieta curiosidad, y me detiene por el brazo, adivinando que estoy dispuesto a marcharme.

Le digo que sí. En National Geographic, cuando se hizo todo el show de su publicación. Otro evangelio apócrifo.

—Sí, ha sido relegado a los evangelios apócrifos, una palabra que es de por sí una descalificación arbitraria —dice—. Bueno, pero lo que allí se deja claro es que este caballero, Judas, no hizo más que cumplir con el plan divino trazado por el propio Maestro. ¿No estamos ya de acuerdo en eso?

Asiento a desgano. Si el hombre del cántaro entró por una puerta determinada, fue porque Él lo quiso. Si Judas lo entregó con un beso, fue porque Él lo quiso; si Pedro lo negó tres veces, fue también porque Él lo quiso. Aunque me sea necesario morir contigo, no te negaré, fanfarronea Pedro, y el Maestro ya sabe que cuando lo vea prisionero, lo negará. Negará que lo conozca, acobardado, y ya Él de antemano le ha advertido que un gallo cantará a la tercera vez, para recordarle su inconstancia. Es un gallo que se burla de Pedro. Un gallo cualquiera, de un patio cualquiera, que canta a una hora que no debe porque aún está lejano el amanecer.

—Alguien da cuerda a los dos personajes. Uno va a morir crucificado, el otro va a colgarse de un árbol. Ninguno de ellos puede escapar —dice, con aire sombrío. Ha empezado a sudar; el sudor moja su frente, su nariz, su cuello.

Quien quisiera escapar soy yo mismo. Miro el reloj. Adiós al resto de mi visita a la pinacoteca.

—El que meta conmigo la mano en el plato, ése me va a entregar —dice, como si hablara consigo mismo.

—Y Judas la metió —digo yo.

—Pero no se trata de un acto de imprudencia —dice él—. ¿Es posible que alguien que prepara una traición sea tan estúpido como para revelar de esa manera la trama de sus designios, si no es porque nadie puede variar una coma de lo escrito?

Uno de entre ellos lo va a traicionar, anuncia el Maestro. Y entristecidos, los comensales preguntan por turnos: ¿seré yo, Señor? Parecen niños asustados ante la inminencia de una rifa en la que nadie quiere sacar el número premiado. Es cuando Él dice: el que meta la mano conmigo en el plato, ése me ha de entregar.

—Y para que suene como una traición real: bueno le fuera a aquel hombre no haber nacido —dice el desconocido, otra vez ensimismado.

—Estamos frente a unos hechos oscuros, en los que hay que buscar la verdad a ciegas, y algunos se auxilian con la imaginación —respondo yo, por decir algo.

—Nada cuesta imaginar —dice él—. Yo, por ejemplo, imagino que tres días antes de la celebración de la Pascua, ambos, el Maestro y su discípulo de confianza, nada menos que su tesorero, se juntaron a solas, y allí Judas recibió instrucciones precisas acerca de lo que debía hacer: ir en busca de los sumos sacerdotes, proponer la entrega bajo paga, convenir el precio, y luego presentarse, como si nada, para participar en la cena. Pero el hecho de que esté de acuerdo con su papel no quiere decir que no le pese la traición, y que no tenga miedo porque sabe que va a morir. Lo mismo le pasa al Maestro. Hasta el último momento tiene miedo.

—Eso de la reunión privada entre los dos está en el evangelio de Judas —le digo.

¿Por qué sigo aquí?

—Sí, está escrito en ese evangelio que usted llama apócrifo —responde—. Tú serás el decimotercero, y serás maldito por generaciones, y vendrás para reinar sobre ellos, le dice el Maestro a Judas. Eran doce con Judas, según las demás fuentes, aquí son trece. Pero eso no tiene relevancia. Lo que tiene relevancia es que de ese plan que urden entre los dos, alrededor del que gira toda la pasión, se desprende que el más querido del Maestro era Judas, y no Juan. A Juan le encarga a su madre, pero a Judas le encarga su muerte.

—Eso es apostasía —le digo riendo, y miró otra vez mi reloj, ahora de manera ostensible.

—¿Qué mayor muestra de confianza puede haber que darle a alguien el papel de traidor? —responde, muy agitado—. Tú los superarás a todos ellos, le dice el Maestro, refiriéndose a los demás discípulos. Porque tú sacrificarás al hombre de carne y hueso que me cubre. Y todavía le dice más: la estrella que indica el camino es tu estrella.

—La estrella de Lucifer, el portador de la luz —le digo yo—. Uno y el mismo. Judas y Lucifer.

Ha sido una manera de provocarlo, pero he ido demasiado lejos.

Me mira con severidad que se transforma en decepción, como si yo lo hubiera defraudado, y da la vuelta sin despedirse; y aunque no debería importarme, me siento incómodo.

Son las seis de la tarde. El anciano guarda perlático, contento de que haya terminado la jornada, anuncia que es hora de cerrar. Soy de los últimos en salir. A mi espalda, las luces de las salas se van apagando.

No veré nunca más a este personaje, que se quedará en mis notas, aunque ya me servirá para algo lo que apunte de él, me voy diciendo mientras bajo la escalera de piedra que lleva al claustro. Pero él me está esperando al pie, vigilando cada uno de mis pasos, como si temiera que fuera a caerme. A la luz del atardecer me parece ahora desaliñado, los zapatos viejos y torcidos; y la corbata violeta, que muestra reflejos tornasoles, denuncia más bien su mal gusto.

Me desconcierta el hecho de que sus anteojos, que me dijo haber olvidado en el hotel, cuelguen amarrados de un cordón sobre su pecho. ¿Por qué me habrá mentido? ¿Había sido un ardid su pregunta relativa a la fecha del cuadro de Crespi, el ardid de un solitario que escoge al azar a alguien para tener con quien conversar?

—¿Puedo invitarlo a un café? O lo que usted elija, un Cinzano, por ejemplo —me dice cuando llego a la última grada.

Le respondo con la mejor cortesía que no puedo atrasarme más. Tras muchos intentos de conseguir entradas para el concierto de esa noche de la Filarmonica della Scala, mi mujer y yo lo hemos logrado, tenemos dos asientos de platea, y sólo nos queda tiempo suficiente para ir al hotel a cambiarnos, es la verdad. Van a interpretar la *Segunda sinfonía* de Mahler.

Entonces se inclina respetuosamente, un tanto aturdido, como si su esfuerzo de reconciliación hubiera fracasado, y me cede el paso.

Ya en la Via de Brera, donde las mesas al aire libre de los cafés y restaurantes se hallan colmadas a esta hora de parejas de enamorados, grupos de jóvenes que ríen a la menor provocación, elegantes ancianas solitarias, y hombres de negocios con cara de fatiga, pienso que este episodio da para un cuento. Judas como un ser errante y sin tiempo ni edad, que anda por los museos del mundo con el fardo de la culpa a cuestas, viendo cómo ha sido pintado para aliviar el tedio de sus días, porque no hay cosa más tediosa que la eternidad.

—¿Dónde estabas? —me dice Tulita, que había cruzado la calle para asomarse a las vitrinas de una zapatería.

—Hablando con Judas —le digo.

Milán, septiembre 2011/
Managua, febrero 2012

Gratitud

El autor trabajó en algunos de los cuentos que contiene este libro en Villa Serbelloni, Italia, durante una estancia que duró el mes de septiembre de 2011, por invitación del Centro Bellagio de la Fundación Rockefeller.

Sobre el autor

Sergio Ramírez, ganador del Premio Alfaguara de Novela con *Margarita, está linda la mar* en 1998, nació en Masatepe, Nicaragua, en 1942. Es parte de la generación de escritores latinoamericanos que surgió después del boom, y tras un largo exilio voluntario en Costa Rica y Alemania abandonó por un tiempo su carrera literaria para incorporarse a la revolución sandinista que derrocó a la dictadura del último Somoza. Reemprendió la escritura con la novela *Castigo divino* (1988), que obtuvo el Premio Dashiel Hammet en España, y la siguiente, *Un baile de máscaras,* ganó el Premio Laure Bataillon a la mejor novela extranjera traducida en Francia en 1998. Alfaguara ha publicado sus *Cuentos completos,* con un prólogo de Mario Benedetti (1998); *Mentiras verdaderas* (ensayos sobre la creación literaria, 2001); los volúmenes de cuentos *Catalina y Catalina* (2001), *El reino animal (2007)* y *Flores oscuras* (2013); así como las novelas *Sombras nada más (2002), Mil y una muertes (2005), El cielo llora por mí (2008)* y *La fugitiva* (2011). Aguilar ha publicado sus memorias de la revolución, *Adiós muchachos (1999),* y su libro de ensayos *Tambor olvidado* (2008). *Margarita, está linda la mar* ganó además el Premio Latinoamericano de novela José María Arguedas, otorgado por Casa de las Américas en Cuba. En 2011 recibió en Chile el Premio Iberoamericano de Letras José Donoso por el conjunto de su obra literaria.

Alfaguara es un sello editorial de Prisa Ediciones

www.alfaguara.com

Argentina
www.alfaguara.com/ar
Av. Leandro N. Alem, 720
C 1001 AAP Buenos Aires
Tel. (54 11) 41 19 50 00
Fax (54 11) 41 19 50 21

Bolivia
www.alfaguara.com/bo
Calacoto, calle 13 nº 8078
La Paz
Tel. (591 2) 279 22 78
Fax (591 2) 277 10 56

Chile
www.alfaguara.com/cl
Dr. Aníbal Ariztía, 1444
Providencia
Santiago de Chile
Tel. (56 2) 384 30 00
Fax (56 2) 384 30 60

Colombia
www.alfaguara.com/co
Calle 80, nº 9 - 69
Bogotá
Tel. y fax (57 1) 639 60 00

Costa Rica
www.alfaguara.com/cas
La Uruca
Del Edificio de Aviación Civil 200 metros
    Oeste
San José de Costa Rica
Tel. (506) 22 20 42 42 y 25 20 05 05
Fax (506) 22 20 13 20

Ecuador
www.alfaguara.com/ec
Avda. Eloy Alfaro, N 33-347 y Avda. 6 de
    Diciembre
Quito
Tel. (593 2) 244 66 56
Fax (593 2) 244 87 91

El Salvador
www.alfaguara.com/can
Siemens, 51
Zona Industrial Santa Elena
Antiguo Cuscatlán - La Libertad
Tel. (503) 2 505 89 y 2 289 89 20
Fax (503) 2 278 60 66

España
www.alfaguara.com/es
Torrelaguna, 60
28043 Madrid
Tel. (34 91) 744 90 60
Fax (34 91) 744 92 24

Estados Unidos
www.alfaguara.com/us
2023 N.W. 84th Avenue
Miami, FL 33122
Tel. (1 305) 591 95 22 y 591 22 32
Fax (1 305) 591 91 45

Guatemala
www.alfaguara.com/can
7ª Avda. 11-11
Zona nº 9
Guatemala CA
Tel. (502) 24 29 43 00
Fax (502) 24 29 43 03

Honduras
www.alfaguara.com/can
Colonia Tepeyac Contigua a Banco
Cuscatlán
Frente Iglesia Adventista del Séptimo Día,
Casa 1626
Boulevard Juan Pablo Segundo
Tegucigalpa, M. D. C.
Tel. (504) 239 98 84

México
www.alfaguara.com/mx
Av. Río Mixcoac 274
Col. Acacias, Deleg. Benito Juárez,
03240, México, D.F.
Tel. (52 5) 554 20 75 30
Fax (52 5) 556 01 10 67

Panamá
www.alfaguara.com/cas
Vía Transísmica, Urb. Industrial Orillac,
Calle segunda, local 9
Ciudad de Panamá
Tel. (507) 261 29 95

Paraguay
www.alfaguara.com/py
Avda. Venezuela, 276,
entre Mariscal López y España
Asunción
Tel./fax (595 21) 213 294 y 214 983

Perú
www.alfaguara.com/pe
Avda. Primavera 2160
Santiago de Surco
Lima 33
Tel. (51 1) 313 40 00
Fax (51 1) 313 40 01

Puerto Rico
www.alfaguara.com/mx
Avda. Roosevelt, 1506
Guaynabo 00968
Tel. (1 787) 781 98 00
Fax (1 787) 783 12 62

República Dominicana
www.alfaguara.com/do
Juan Sánchez Ramírez, 9
Gazcue
Santo Domingo R.D.
Tel. (1809) 682 13 82
Fax (1809) 689 10 22

Uruguay
www.alfaguara.com/uy
Juan Manuel Blanes 1132
11200 Montevideo
Tel. (598 2) 410 73 42
Fax (598 2) 410 86 83

Venezuela
www.alfaguara.com/ve
Avda. Rómulo Gallegos
Edificio Zulia, 1º
Boleita Norte
Caracas
Tel. (58 212) 235 30 33
Fax (58 212) 239 10 51

Flores oscuras

Esta obra se terminó de imprimir en Marzo de 2013
en los talleres de Impresora Tauro S.A. de C.V.
Plutarco Elías Calles No. 396 Col. Los Reyes Iztacalco
Delg. Iztacalco C.P. 08620. Tel: 55 90 02 55